KB180683

재조일본인이 바라본 조선의 풍경과 건축 2

1930-40년대 『조선공론』 편

재조일본인이 바라본 조선의 풍경과 건축 2

1930-40년대 『조선공론』 편

초판 인쇄 2016년 6월 23일
초판 발행 2016년 6월 30일

편역자 김태경
펴낸이 이대현
편 집 권분옥
펴낸곳 도서출판 역락
주 소 서울시 서초구 동광로 46길 6-6 문창빌딩 2층
전 화 02-3409-2060(편집부), 2058(영업부)
팩 스 02-3409-2059
등 록 1999년 4월 19일 제303-2002-000014호
이메일 youkrack@hanmail.net

정 가 10,000원
ISBN 979-11-5686-343-4 03830

* 이 도서의 국립중앙도서관 출판예정도서목록(CIP)은 서지정보유통지원시스템 홈페이지(http://seoji.nl.go.kr)와 국가자료공동목록시스템(http://www.nl.go.kr/kolisnet)에서 이용하실 수 있습니다.(CIP제어번호: CIP2016016222)

이 저서는 2007년 정부(교육과학기술부)의 재원으로 한국연구재단의 지원을 받아 수행된 연구임(NRF-2007-362-A00019).

재조일본인이 바라본

조선의 풍경과 건축 2

1930-40년대 『조선공론』 편

김태경 편역

역락

머리말

본서는 식민지기 조선에서 발간된 종합잡지『조선공론朝鮮公論』에 실린 기사 및 문예 중에서 풍경과 건축에 관련된 글들을 발췌하여 번역한 것이다. 대상으로 하는 시기는 1930년대 초부터 1944년 폐간에 이르기까지로『조선공론』전체 발행분의 절반가량에 해당된다. 1931년 중일전쟁으로 시작되는 전장의 확대와 더불어 제국 일본에서 조선이 차지하는 위치와 의미가 조정됨을 고려하면 식민지기 후반부에 걸친 '재조일본인이 바라본 조선의 풍경과 건축'이라고 할 수 있겠다. 이하 본서에서 다룬 글들에 대해 제목 및 발표연월을 제시하고, 각각의 글의 성격과 내용에 대해 간략히 소개해둔다.

「백화점 이야기 : 경성의 백화점에 지방색을 나타내라」(1931년 2월). 근대적 색채가 가장 현저한 것으로 백화점이 있다. 이 백화점이 지방적인 특색을 가지고 기업의 신장을 기하려는 것이 근래의 경향이다. 경성은 '내지'의 각 도시와는 다른 점이 있으므로 당초에 확실한 방침을 세워 이를 바탕으로 매진할 필요가 있다. 경성에서 생활하는 '경성인사'라는 입장에 선 필자가 경성에서의 백화점 영업에 참고가 될 만한 여러 아이디어를 제안하고 있다. 광고, 특설전화, 자동차, 우편서비스, 안내도우미, 통신판매 등이 그것인데 부제목과는 다소 거리가 있어 보인다.

「조선 가옥의 개선에 대하여」(1931년 6월). 제목대로 조선 가옥의 개선을 주장하는 글이다. 조선 가옥의 내구성 및 온돌의 효율성에 대해서는 높이 평가하고 있는 반면, 대문의 비경제성이나 화장실의 불결함, 채광 문제가 초래하는 조선인의 나태함 등을 지적하고 있다. 이는 1920년대까지만 해도 빈번했던 주장이나 1930년대 이후는 별로 눈에 띄지 않게 되었다. 보다 넓게 보자면 본서가 주제로 하는 '풍경과 건축'에 관련된 글 자체가 1930년대 이후 많이 줄어들었다고 해야 할 것이다. 그러한 가운데에 조선 가옥의 개선이라는 주제에 대해 쓰인 거의 마지막 기사로 보인다.

「경성만담풍경1」(1931년 7월). 『조선공론』 제19권 7호부터 10호까지 네 차례에 걸친 연재의 제1편으로 경성에 관해 만담 풍으로 쓴 흥미로운 글이다. 경성 역부터 시작된 이야기는 '고전적인' 남대문과 '모던한' 폴리스 스테이션이라는 건축물로 시선을 옮겨 이러한 대조가 현재의 조선을 표상한다고 말하고 있다. 이어 "경성의 향토색은?"이라 묻고는 "조선신궁의 커다란 도리이에 파랗게 이끼가 무성할 즈음"이나 "어린 나무가 쑥쑥 자라 나무그늘을 만들 즈음이 아니면 경성이라는 특색 있는 로컬 컬러가 완전히 자리 잡아 나의 시선에 확실히 들어오는 일은 없으리라."고 스스로 답하나, 다시 "옷자락이 긴 하얀 옷을 두른 조선 부인과 이 거리를 산책하면 경성의 향토색을 그릴 수 있을는지도 모른다."고도 쓰고 있다. 삽화 또한 흥미롭다.

[단편] 「'과거'의 세탁」(1931년 12월). '저쪽(경성)'에서 있었던 '과거'와 관련된 일들을 '이쪽(도쿄)'에 돌아와 걱정하는 신혼의 아내가 등장한다. 이야기는 예전 그녀와 관계가 있었고 남편과도 잘 아는 사이인 한 남자와의 대화로 이루어진다. '과거'를 자백함은 "세탁 후에 깨끗해진 겨울옷의 어딘가에 남아 있던 얼룩을 당신이 먼저 발견하여 아무 것도 모르고 있는 남편에게 스스로 알리는 격이지 않나. 얼룩이라는 것을 신경 쓰게 되면 끝이 없는 법이니."라고 '과거'를 '얼룩'에 비유하며 남편에게 먼저 '과거의 고백'을 시킬 것을 권하고 있다.

「조선의 색의 장려」(1932년 6월). 조선인의 실생활에서 현재 가장 다급한 개선 과제는 색의 장려이다. 흰옷의 폐해를 열거하며, 오늘날 백의를 색의로 바꾸는 것은 개량이 아니라 원래 우리 선조들이 입었던 의복 색으로 복귀하는 것이라는 주장이다. 글쓴이는 김서규金瑞圭라는 조선인 필자이다. 경제적이고 활동적이며 시대적인 색의가 하루라도 빨리 전 조선에 보급되기를 간절히 바란다며 끝을 맺고 있다.

「경성의 알려지지 않은 얼굴」(1934년 2월). 중국 목욕탕, 주막, 조선 여관, 설렁탕과 대구탕 등을 다루고 있다. 주로 얼마 안 되는 비용으로 즐길 수 있는 경성의 쉼터 및 먹을거리를 소개하고 있다. 필자는 매일 아침 입욕 후 돌아오는 길에 막걸리 한잔 마시는 것이 습관화되어 있다고 한다.

「건축 양식의 변천 : 국수주의적 건축의 발흥」(1935년 3월). 제1차 세계대전 이후의 건축 양식의 변천에 대해 개관하고 있다. 표현주의 건축과 관련하여 거론되고 있는 브루노 타우트Bruno Taut가 1930년대 당시 건축계뿐만 아니라 전시기 일본의 담론공간을 지배하고 있었음은 주지의 사실이다. 이어 등장한 합리주의, 기능주의 건축은 전 세계를 휩쓸어 인터내셔널파라고 할 수 있게 되어 일본에서도 최근 수년간은 이 파가 전성기였다. 그러나 최근 각국에서 파쇼 세력으로 인해 인터내셔널리즘이 압박으로 쇠퇴하기 시작하고 대신하여 국수주의 건축이 발흥하고 있으며, 일본도 이미 그 경향에 있어 다실의 연구, 그 수법의 응용 등이 이루어지고 있다고 한다. 하지만 결론부에서 필자는 공평한 입장에서 건축이 장래 더욱더 인터내셔널리즘이 될 것임을 예견하고 있다.

「고층 건축물의 매력」(1936년 1월). 각 도시마다 고층 건축물이 이색적인 특색을 뽐내며 대단한 위력으로 다가오고 있다. 경성도 마찬가지이다. 반도의 수도 경성의 거리도 드디어 고대 아리랑조의 지방색을 벗고, 덮쳐오는 문화문명의 파동에 따라 약동하는 근대 감각문명의 선상에 들어갔다는 느낌이다. 유선형 자동차, 사교실, 음식관, 여성의 담배. 호화로운 자본에 도취하는 것은 근대인의 백주몽이다. 고층의 창문에서 추억에 우는 젊은 처녀도 있으리. 이것이 근대의 모습이 아니고 무엇이겠는가,라고 필자는 반문한다.

「세계적 명승지 금강산을 말하다」(1937년 4월). 필자는 금강산 전기철도회사 사장이다. 금강산은 그 명성이 점차 높아짐과 동시에 찾는 손님도 해마다 증가하고 있음에도 불구하고 탐방도로 및 관광 설비 등이 부족한 상태임을 지적하며 총독부의 지원을 우회적으로 요구하고 있다. 특히 오는 1940년 도쿄 올림픽 개최에 맞춰 명승지를 찾아 외국인 관광객들이 금강산으로 몰려올 경우에 대비해야 함을 역설하나, 이것이 전쟁의 먹구름 속에 사라진 '꿈의 올림픽'임을 후대의 우리는 너무나 잘 알고 있다.

「맥주의 내선일체」(1940년 3월). 청주와 더불어 국민음료의 자리에 오르게 된 맥주에 관한 이야기로 재미있는 제목이나 마냥 웃을 수만은 없다. 다년간 현안이었던 상표의 단일화를 기획하여 우선 나고야 서쪽에 대해 1월 1일부로 전부 아사히 맥주 이름으로 통괄하여 본 시즌을 준비하게 되었다고 한다. 이에 따라 '내지'로부터 대륙 방면으로 여행하는 사람들도 어디에서든 아사히 맥주를 마실 수 있게 된 셈인데, 이를 가리켜 필자는 이른바 '맥주의 내선일체'가 실현된 것이라 내세우고 있다. 내선일체 담론, 내선동조론은 전장의 확대와 더불어, 전쟁의 불리함과 더불어 더욱 강조되어 간다.

차례

백화점 이야기

경성의 백화점에
지방색을 나타내라

●

고시 사다오(古志辨郎)

[1]

근대적 색채가 가장 현저한 것으로 백화점이 있다. 도쿄東京 및 오사카大阪는 말할 것도 없고 그 밖의 여러 도시에 있어서도 백화점의 지점 진출 혹은 그 지역의 유력자가 경영하는 것이 속출한다. 물론 대도시에 있어 계속해서 그 수가 늘어남 또한 실로 엄청난 기세라 하겠다.

경성京城은 근대적 도시로서 근래 십 수 년에 현저한 발전을 이루어 그 외관만으로도 격세지감이 있다. 이 땅에 백화점이 세워지고 또 그 장래가 기대되는 것도 당연한 일일 것이다. 물론 종래에도 백화점이라 불리는 것이 있어 미쓰코시三越 지점도 있긴 했으나, 실제로 백화점다운 점포를 마련하고 화려하게 거리에 눈

부신 빛을 던지며 선전에 의해 다수의 고객을 흡수하기에 이른 것은 실로 1930년 이후라 해도 좋다. 더욱이 미쓰코시가 일등지에 새로운 점포를 마련하여 당당히 개업한 작년 10월 이후 비로소 경성인사가 백화점에 대해 주목하기 시작했다고 할 수 있다.

물론 그 이전부터 미쓰코시 지점은 원래 대중적인 백화점으로서 다년간 경영해 온 바 있고, 상품의 저렴함으로 지방까지 상당히 알려진 히라타平田 상점이 있었고, 또 초지야丁子屋도 원래 옷가게에서 변해 백화점이 되었고, 미나카이三中井 또한 옷집에서 백화점으로 진출하여 초지야도 미나카이도 상당한 광고비를 투자했지만 어느 것이나 그 규모에 있어 내지內地의 백화점과는 매우 큰 차이가 있어, 백화점이 제일로 내보이고자 하는 유람적인 기분을 추구하는 입장객을 불러들이기까지는 미치지 못해 자연히 일반인사들의 백화점에 대한 흥미도 환기되지 않았던 것이다.

그러하던 것이 초지야의 증축 완공, 미쓰코시의 신관 이전 등으로 연이어 경성인사들의 눈을 사로잡게 되어 이 관청, 저 회사 등 모든 식당회의나 스토브회의의 화제에 올라 때로는 미쓰코시와 초지야의 우열까지 다투는 상황이 되었다.

뿐만 아니라 때는 바야흐로 연말이라 세상은 불황을 탄식하는 가운데에도 여기만은 샐러리맨이 많은 곳이라 심각한 영향도 받지 않고, 어느 백화점이나 염가 봉사 판매, 경품 제공, 사은품 제공 등 첨단적 광고가 혼재된 상태로 더 한층 경성인사들이 백화점을 주목하게 만들었다.

[2]

이러한 가운데에 경성에 백화점다운 백화점이 투입된 것은 새로운 일로 아직 그 장래까지 검토할 시기는 아니지만, 이미 내지의 백화점으로 약간 짐작이 가고 또한 그 본가인 미국에서의 현황 고찰로도 알 수 있듯이, 경성은 경성으로서의 전도가 있는 법이다. 근래의 경향으로서 백화점이 지방적인 특색을 가지고 기업의 신장을 기하려는 상황이므로 만약 이 경향을 받아들인다고 하면 경성은 내지의 각 도시와는 현저하게 다른 점도 있기 때문에, 당초에 확실한 방침을 세워 이 방침을 바탕으로 매진할 필요가 있을 것이다.

여기에서는 번거로움을 덜기 위해 오로지 미쓰코시와 초지야만을 대상으로 이야기를 하나, 양쪽 모두 현재에 있어서는 결코 수지가 맞지 않는다. 물론 장래를 내다보고 하는 경영이며 그 발전 대책에 있어서는 예리한 연구를 하고 있음이 분명하고 경영측에서도 하루 빨리 균형 잡힌 상태에 도달할 것을 희망하고 있음은 말할 나위도 없다.

하지만 외부인인 우리가 백화점에 대한 의견을 말하여 만에 하나 아주 작은 부분이라도 영업자의 참고가 되어 자연히 희망적으로 나아갈 수 있다고 한다면 경성인사로서는 기쁨일 것이다. 왜냐하면 나는 백화점을 그 지방의 자랑으로 삼고, 그 지방인이 지지해야 한다고 생각하기 때문이다. 따라서 백화점 경영자도 그 지방의 사람들로부터 지지받을 수 있도록 봉사 정신을 풍부히 하여 영업을 해 나가야 할 것이다.

미국처럼 백화점의 분야가 정해져 있고 고객도 약간 고정된 계급이 있는 데에서도 서로 다양한 선전방법으로 경쟁을 계속하고 있다. 하물며 경성처럼 아직 백화점으로서 진출 초기단계로 여겨지는 장소에서는 서로 경쟁은 피할 수 없는 것으로, 연말마다 상당히 심한 경쟁이 이루어지고 상품의 판매가격도 은연중에 경쟁을 꾀하고 있는 것으로 생각되어지나 장래에도 이는 지속됨은 물론이고 점차 더욱 격심해 지리라 예상된다.

[3]

앞에서도 말했듯이 백화점이 지방적 특색을 가짐은 필요한 일이고, 또한 자연히 이러한 경향이 형성된다고도 말해진다. 특히 경성은

(가) 월급생활자가 많아 소비도시로 볼 수 있음
(나) 조선인 고객을 놓칠 수 없음

(다) 지역의 물자 공급이 충분하지 않음
(라) 도시 주변 전원생활을 영위하는 사람들이 적음
(마) 부근의 교통기관이 갖추어져 있지 않음

등의 특수사정이 있다. 백화점 경영에 이러한 특수사정을 감안할 필요가 있음은 물론으로 대도시에서의 경영에 비해 또 다른 종류의 불편함이 있다. 예를 들어 매입이 신속하지 않은 점, 생산의 자유가 없는 점, 부분적이지만 관세의 번거로움이 있는 점, 행사 등에 있어 엄청난 불편함과 불리함 등이 그러하다.

백화점이 지방적 특색을 가진다는 것은 결과적으로 그 지방 거주자의 지지를 얻음이기는 하나, 나 자신은 한 발 더 나아가 백화점이 위치한 그 도시를 발전시킨다는 대 이상을 가지고 늘 임했으면 하는 생각이다. 경성에 대해 말하자면 백화점은 그 경영을 통해 경성 40만의 인구를 50만, 60만, 아니 백만의 도시로 만든다는 의식을 가지고 경영에 임했으면 한다.

아니 경성 백만의 인구를 기대하는 것뿐만이 아니다. 전 조선의 발전을 주시하는 눈을 가져주기 바란다. 경성은 조선의 수도이다. 서민 정치의 중추이다. 경성의 발전은 조선 전체의 발전을 의미하는 것이다. 적어도 수도에서 첨단 사업인 백화점을 경영하는 자는 이러한 큰 각오와 이러한 큰 이상 아래 정진해야 할 것이다.

최근 미국에서 귀국한 모씨 이야기에 따르면, 뉴욕에서 겨우 8마일 떨어진 인구 80만의 도시인 뉴 워크에 소재한 백화점 뱀버거 스토어는 자신의 가게를 번창하게 만들기 위해서는 자신들이 위치한 도시를 번성시켜야 한다는 견지에서 수년간 공공적 봉사를 향해 전념한 결과로 시민과 뱀버거 스토어는 각별히 깊은 친밀감을 가지게 되었고, 그에 따른 당연한 보상으로 현재 4천 2백명의 점원이 15층 건물에서 일하며 1년에 3천 7백만 달러의 매출을 이루어 192대의 트럭이 매일 고객의 상품배달로 쉴 새 없이 바쁘다는 것이다. 이 얼마나 대단한 일인가. 가토加藤 지점장 및 고바야시小林 노주인 부럽지 않습니까?

[4]

그럼 추상적인 기술은 이제 그만하고, 이하 구체적인 검토를 시도하여 견해를 약간 이야기해 보자. 무엇보다도 먼저 제일로 생각하는 것은 광고이다. 신문잡지 광고로 곧바로 고객의 쇄도를 기대할 수 없음은 물론이지만—특별상품이나 봉사판매인 경우는 예외로 하고 보통 단순한 광고일 경우에 있어—, 이 광고로써 그 가게의 경영 방침이나 신조 또는 봉사심 등의 인상을 남기는 것은 현대 상점경영의 핵심이다. 아마 재작년 가을이었을 것이다. 내각 당국에서 긴축을 높이 외치며 국민의 자각을 촉구했을 때에 오사카 다이마루大丸 백화점은 다음과 같은 광고를 오사카 아사히朝日, 오사카 마이니치每日 신문을 비롯한 유력 신문지에 내보냈다.

◇ 장보기 계절을 맞아 ◇

긴축절약이 널리 국민을 향해 호소되고 있는 시기이자 마침 이른 가을의 장보기 계절을 맞이하여 소비경제를 목표 삼아 평소 고객 여러분들의 사랑을 받아온 백화百貨 배급 기관의 입장에서 고객 여러분께 한 말씀 올리겠습니다.

소비경제는 참으로 '가치' 있는 상품을 찾음으로써 비로소 얻어지는 것으로 그 소중한 '가치'의 진위를 가릴 때에 단순히 가격이 싸다 비싸다 만으로 판단하는 것은 극히 모험적인 견해입니다. 무리하게 가격만을 낮추려고 초조해함은 당연한 귀결로 저질 제품의 범람을 초래하고 품질을 저하시켜 오히려 생활경제에 반하는 결과를 만들 뿐만 아니라, 이윽고 산업의 건전한 발달을 방해하게 될 것입니다.

본점은 이러한 폐단을 염려하고 심히 경계하여 오로지 관리 실질 정진을 기본신조로 삼아 항상 고객님을 대신하여 참된 가치 있는 상품을 골라 납품하고, 소비경제의 본뜻에 부합하는 충실한 배급자로 있을 것을 염원하고 있습니다. 부디 이 점 양해해 주셔서 앞으로도 애용해 주실 것을 부탁드립니다.

주식회사 다이마루

전무이사 사토미 준키치里見純吉

아주 당당하지 않은가. 그것이 긴축정책을 강조할 때였으니 상당히 민심에 영향을 끼쳤다고 짐작된다. 하지만 이 광고문이 얼마나 오사카 사람들의 심리에 와 닿았는지 또한 다이마루가 과연 이 성명에 부끄럽지 않을 상품 선택을 해왔는지 아닌지는 잘 모르겠으나, 가령 경성에서 이러한 종류의 광고문을 신문에 낸다고 한다면 인텔리가 비교적 많은 경성, 게다가 경성은 우리들이 발전시켜 간다는 신념에 불타는 업자가 흘러넘치는 활기 속에 붓을 쥐었다면 반드시 강한 인상을 경성 사람들 아니 전 조선의 인텔리 계급에게 남기리라 생각된다. 단순히 쇼핑하기 좋은 가게, 분위기 밝은 가게라든가 귀댁의 가게라든가 하는 상투어를 가지고 하는 선전을 훨씬 뛰어넘을 것이다.

뿐만 아니라 근래 신문 광고를 기사의 일부로 취급하는 사람들, 혹은 광고에 흥미를 가진 사람들이 많아지는 경향으로 보아 이러한 종류의 광고는 그 광고주에 대해 일종의 친근감을 가지게 됨은 물론이다. 이 또한 미국의 예이기는 하나, 모 백화점 광고가 항상 일정한 스페이스를 차지하고 그 계절 또는 그 당시 주목받는 일들과 연관하여 늘 재미와 동시에 매혹적인 맛을 선보임으로써 독자는 '오늘은 어떤 글이 적혀있을까'라고 매일 아침 기대를 하게 되었다는 사실이 있다. 그 광고는 점주가 직접 붓을 잡은 것이라고 한다.

백화점이 광고에 투입하는 비용은 결코 적은 돈이 아니다. 그것을 되도록 잘 살려 사용해야 한다. 더욱이 광고는 나중에 언급하는 통신판매에도 현저한 영향을 미침으로 충분히 고려해 두길 바란다.

[5]

또한 백화점이 이미 대중을 목표로 진출한 이상은 이 계급의 흡수에 크게 힘써야 한다. 애당초 오늘날에도 미쓰코시의 지하에서 일용품을 사는 사람이 많아 시중의 잡화점이나 매장에 영향을 끼친다고 하지만, 어차피 하는 것이라면 한층 더 적극적으로 흡수해야 한다. 물론 경성은 좁아서 이를 이유로 소매상을 압박한다는 원성이 일어나지 않는다고 하기도 어렵지만, 이것은 시대의 흐름이고 더욱이 소매점은 소매점대로 따로 그 특색을 발휘하는 방법도 있으므로 백화점으로서 거기까지 배려할 필요는 없다.

그래서 제언하고 싶은 것은 시내에 약 열 군데 정도 적당한 장소를 골라 특설전화를 설치하는 것이다. 이것은 될 수 있는 한 사람들의 눈에 띄기 쉬운 모퉁이 가게 등에 의뢰하여 그 가게의 일부를 할당해 전화실을 만들고 '○○특설전화 ○○에 관한 용무는 이 전화로'라고 크게 쓴다. 예를 들어 미쓰코시 지하에 이러저러한 물건이 있었지라고 갑자기 생각이 났다고 하면, 일부러 전차 타고 사러가기에는 집 볼 사람이 없고, 부근 잡화점에서 사면

비싼 데다 상품은 안 좋아 전화라도 있으면 좋겠다고 생각하지만 다른 집 전화를 빌리는 것은 꺼려지고, 또 물건에 따라서는 다른 사람에게 알리기 싫은 것도 있다. 이러한 경우 부근의 특설전화를 이용하면 순식간에 메신저 보이가 날아온다. 이 얼마나 편리한가. 전화 가설비 한 군데 3백 원, 열 군데 3천 원. 사용료는 한 달에 90원으로 충분하다. 그러한 비용은 매장의 증가로 어느 정도 메꿀 수 있는 것으로 ○○는 시민 봉사에 있어 빈틈없다는 의식을 심을 수도 있다.

다음은 자동차의 봉사이다. 이것은 도쿄를 시작으로 어디든 실시하고 있는 것인데, 경성도 역부터 영업소까지를 왕복시키면 될 것이다. 하지만 경성은 열차의 발착 횟수가 적으므로 시간에 여유가 있다. 따라서 이러한 노선을 선택하여 순환선을 계획 운행하는 것도 좋으나, 경성은 무절제한 조선인도 적지 않으므로 본래 마땅한 일은 아니지만 어떻게든 승차에 관해 제한을 마련해두는 것도 필요하다. 단 여기에는 고객의 감정을 상하지 않도록 하는 세심한 주의를 요한다.

근래 오사카의 마쓰자카야松坂屋에서는 시내버스표를 제공한다고 하는데, 경성도 역에서 영업소까지의 시내버스 무료승차권을 제공하는 것 또한 좋을 것이다. 이것은 경영난에 빠져 있는 부영府營 버스에 대한 구제책이 되기도 하고, 역부터 영업소까지 모두 단거리이므로 비용도 의외로 저렴하게 협상할 수 있으리라.

[6]

미쓰코시에는 흡연실이 각 층마다 설치되어 있는데, 초지야도 한두 군데 마련해야 할 것이다. 이 흡연실에 살짝 그림엽서라도 놓여있다면 더욱 좋겠다. 가능하면 우표가 붙은 광고용 그림엽서를 제공하고 간단히 모으는 데를 두어 정해진 시간마다 수합하여 우체국에 보내는 그런 봉사를 하길 원한다. 경성은 지역에서 오는 사람들이 꽤나 많다. 백화점에서 쇼핑하는 김에 자기 집 혹은 친구에게 편지를 부치는 사람들이 필시 많이 있을 터이다. 이것은 1면 광고도 되는 것이므로 다소 희생을 참아서라도 실시했으면 좋겠다. 그리고 주로 지방 사람들을 위해 혹은 백화점에 익숙지 않은 사람들을 위해 국어를 아는 조선인 소녀에게 스마트한 복장을 입혀 안내를 시키고 싶다. 안내라고 적힌 흰 천을 어깨에 두르게 하고 마음 편히 어떤 일이든 물을 수 있게 하고 싶다. 가령 매장 위치는 물론이고 식당 또는 화장실의 위치, 상품의 배달 방법, 짐꾼의 이용 등에 대해 친절히 설명해야 할 것이다. 각층마다 도면을 내세우는 것만으로는 부족하다.

또한 어린이를 기쁘게 만드는 시설, 행사 상품에 대한 주문, 상품 배치, 옷걸이 거는 법 등 세세한 점에 대한 나의 어리석은 의견도 있으나 지금은 생략하겠다. 다만 여러 매장에서 쇼핑할 경우 일일이 계산하는 번거로움을 없애 각 매장에서 쇼핑한 것을 한꺼번에 수령하고 모아 계산하는 방법은 없을까. 이것은 이미 상당한 방법으로 실행하고 있는지도 모르겠으나 백화점의 쇼핑에 별로 인연이 없는 나는 아직 이것을 모른다. 또한 각 매장에서 쇼핑하고 모아서 수령하게 해놓고는 모른 척하고 가버리는 경우, 이러한 부도덕한 사람을 막을 방법에 대해서 아직 좋은 수가 생각나지 않으므로 이것은 희망사항으로 두고자 한다.

[7]

마지막으로 이야기하고 싶은 것은 통신판매에 대해서이다. 통신판매는 어느 백화점에서나 실행하고 있는 바이며, 특히 작년 이래로 오사카의 각 백화점에서는 신문 광고를 이용하여 번성을 꾀할 때 이를 시도하고 있다. 조선은 서두에서 말한 바와 같이 지방의 물자공급기관이 부족하기 때문에 통신판매에 충분한 기대를 걸 수 있지만, 교통 불편과 신문의 분포가 충분하지 않으므로 적지 않은 고민이 따른다. 먼저 구매자 측에서 그러한 불편을 들어보면

(가) 우체국 설치가 충분하지 않아 대금을 송부하는 데에 몇 리 또는 십여 리를 가야 하는 곳이 있는 점
(나) 따라서 대금을 상품과 맞바꾸려는 희망자가 많으나 이

또한 원거리까지 받으러 가야 한다는 점
(다) 수송 방법이 불완전하여 물품의 파손이 많은 점
(라) 견문이 부족하므로 카탈로그 등을 보아도 상품 선정이 적절하지 못한 점
(마) 등기우편만을 취급하기 때문에 소포비가 비싼 점

등으로 영업 측에서 말하자면 대금을 상품과 맞바꾸는 경우에 반품이 많은 점, 상품의 파손율이 높은 점 등이 통신 판매의 불리한 면이고, 신문광고의 효과가 별로 없어 관공서나 회사 등에 광고나 카탈로그를 보내기는 하나 이에 상당한 비용이 필요하다는 것이다.

그렇다면 출장판매는 어떤가 하면, 내지처럼 지방 소매상이 연합하여 방해하거나 혹은 장소 제공을 사절한다거나 하는 일은 별로 없지만, 상품의 운반에 불편함이 있고 도시에서 도시까지 거리가 멀어 도저히 수지 타산이 맞지 않게 된다. 출장판매와 통신판매는 미묘한 관계가 있어 출장판매로 인해 장래의 통신판매에 효과를 끼치는 것인데, 아무래도 교통기관의 불편은 백화점으로 하여금 이를 주저하게 만든다.

그러므로 나는 균일품의 통신판매를 제언하고 싶다. 균일품의 판매에 대해서는 도쿄의 시세이도資生堂에서 전시회를 열어 우르오스ウールオース 상품이 얼마나 싼지 도쿄 사람들까지 깜짝 놀라게

했지만, 오사카의 난카이南海 빌딩에서도 다카시마야高島屋가 이것을 하여 똑같이 오사카 사람들을 놀래 켰다고 한다. 일본에서는 아무리 대량생산을 하거나 작업을 합리화 하여도 프라이팬이나 롤러스케이트가 20전에 팔리는 일은 없다. 따라서 우르오스처럼 55층의 마천루를 만들고 2천백여 군데의 가게를 가져 3억 달러의 연간 매출을 기대하는 것은 불가능한 일이겠으나, 백화점의 일부로서 균일판매를 시도해보고 이를 통해 통신판매를 결행함은 현대의 경향을 잘 파악하는 것이라 할 수 있다. 이것은 결코 재고 처분만을 목적으로 하는 것이 아니다. 적절한 방법에 의해 구입부터 판매에 이르기까지 합리적으로 이루어져야만 한다. 이것은 미쓰코시나 초지야 등 그 가게명이 잘 알려져 있는 백화점이 시도하면 반드시 성공한다. 게다가 이를 통해 보통 상품의 판매 방법도 구상할 수 있다.

그렇다면 그 방법이란 어떠한 것인가. 이에 대해서는 여러 가지 어리석은 견해를 밝혀 사업자의 질정을 듣고 싶으나 너무 장문이 되어 버리므로 다음 기회로 미루고, 단지 백화점에 위의 방법을 추진해 볼 것을 권하며 글을 마친다.

—『朝鮮公論』第19巻2号, 1931.2

‖ 권두언 ‖

경성부의 화장

◇ 경성부를 화장하는 것은 돈 문제라고 한다. 돈이 없기 때문에 못한다고 한다. 하지만 외국에는 도시 미美의 협회가 있어 그 도시의 공공단체에 대해 공익법인으로서 각종 조성기관이 되는 것이다.

◇ 즉 공공단체에 돈이 없을 경우에는 공익법인이 돈을 내거나 그 돈을 마련하는 조성기관이 될 수가 있다.

◇ 경성도 그러한 뜻에서 조금 더 도시로서의 면목을 개선하기 위해 극장이나 지하철도나 작은 공원이나 큰 공원 등을 화장하고 싶음이다.

◇ 이른 봄의 경성은 무척 화려하나 봄이 지나면 그만이다. 이렇게 해서는 불경기가 계속될 뿐일지도 모른다. 경성의 번영 전략은 봄, 여름, 가을, 겨울 모두에 적용되는 것이어야 한다. 요리

가게도 백화점도 소매상인도 이득을 볼 최고정책이자 일반적인 것이어야 한다. 경성 사람들 특히 공무원만을 대상으로 한 번영정책은 규모가 작다고 생각한다. 전 조선을 대상으로 하는 큰 정책이 있었으면 한다.

—『朝鮮公論』第19巻5号, 1931.5

조선 가옥의 개선에 대하여

●

모리 고이치(森悟一)
저축은행장

병합 이래 20년. 조선에 있어 대부분의 사물에 하나같이 개량 갱신의 기운이 조성되는 가운데, 유독 조선 가옥의 개축 문제만이 식자 및 전문가에 의해 강조되거나 어떠한 연구의 단서도 시작되지 않는 것은 아주 불가사의한 현상이라 말할 수밖에 없다. 이 문제는 절로 조선 대중의 생활에 속한 긴급안건일 뿐만 아니라, 조선 근대도시의 건축미에 있어서도 번거로운 큰 문제일 수밖에 없다. 솔직히 오늘날의 조선 가옥은 적어도 거의 전부가 앞 세기의 유물이라 해도 좋다. 비교적 내구성이 풍부한 조선 가옥이라고 해도 오늘날에 있어서는 대부분 모두 수명이 다되어 개축 시기에 처해 있다고 할 수밖에 없다. 이러한 매우 중요한 시기에 즈음하여 만약 가옥 건축 양식에 일대 쇄신을 더해 면목을 일신하지 않는다면 조선의 가옥은 향후 100년 내지 200년 필시 개축 시기에 도달하지 않는 한은 구태의연할 것이다. 오늘날 조선 가옥의 양식이 근대인의 생활 모든 면에 있어 부적절하며 동시에 불합리하다는 것은 반대하는 이가 없는 일이므로, 장래 조선 측 어린 세대의 교화 증진에 따라 이 문제는 점점 더 심각한 생활상의 큰 문제가 되어 나아가 경제상의 중요한 문제로도 전환되기에 이를 것이다.

*　　　　　　　*　　　　　　　*

종래, 조선 가옥의 양식으로서 극히 중요한 역할을 해온 그 유명한 '대문'이라는 제도와 마찬가지로 오늘날에는 초인종 하나로 해결할 간단한 문제이다. 원래 일본식 현관이나 서양식 응접실이 없던 조선 가옥에 있어서는 방문객이 누구인지 인식하고 동시에 간단한 응답을 할 필요성 위에, 집주인은 반드시 사용인(행랑)을 고생스레 일부러 이 출입구(대문)까지 나가게 하여 그 용무를 해결했었다. 말하자면 선 채로 대응하는 응접실이고 현관인 것이었다. 더없이 손이 가는 것이다. 단순히 초인종 하나로 해결될 것으로 극히 단순한 시설조차도 비경제적인 일손을 필요로 하는 번거로운 제도는 만사가 거추장스럽고 구차한 시대의 유물로 도저히 오늘날 용납될 수 있는 성질의 것이 아니다. 조선에 있어 급선무인 기식 제도라는 악습은 먼저 이러한 점에서부터 점차 교정하지 않으면 분명히 영구히 그 폐습을 제거하는 것은 불가능하리라 생각된다. 그 밖에도 화장실 설비가 불완전한 조선 가옥은 오늘날 극히 절실하게 개혁을 요하며, 동시에 내실 및 외실(사랑)의 연계에 있어 이용가치가 적은 이중설비를 존치하는 것처럼 특히 '행랑'제도의 축도라고도 볼 수 있는 출입구를 바로 취사장의 토방으로 하여 따라서 온돌의 화구로 겸용하는데, 이는 단순히 불결체재일 뿐만 아니라 국민건강상 과연 이대로 괜찮을지 상당히 신경을 써야 할 부분이다.

*　　　　*　　　　*

처마 아래 6척 내지 9척 기둥을 중심으로 원래 대부분 흙과 돌 등으로 견고히 한 조선 가옥이 상상 이상으로 내구성이 뛰어난 것은 익히 아는 바이다. 그렇다고 또한 이 유일한 장점을 위한 희생으로 건축 미관은 물론 채광, 통풍 등 모든 위생적 시설에 대해 어떠한 고려도 할 수 없음도 사실이다. 조선 가옥의 항구성은 100년에서 200년이라 칭해진다. 보존연한을 30년으로 잡는 일본 가옥 또는 50년 보존연한인 벽돌집과 비교해 어떤 의미에서는 매우 경제적인 집이다. 무엇보다도 여기서 말하는 보존연한의 길고 짧음은 수선비용의 많고 적음을 고려한 문제로 조선 가옥에는 대개 수선비를 계상할 필요가 없는 것이다. 어떠한 문화주택도 일본식 가옥도 엄동설한에는 보온이라는 경제적 면에서 볼 때 '온돌'을 중심으로 하는 조선 가옥이 단연 우선시 되어야 한다.

조선 서민의 오늘날 경제력으로 볼 때, 온돌을 버린다는 것은 도저히 생각할 수 없는 일이며 이 전통의 습성을 하루아침에 개혁한다는 것은 어려움 중의 어려움으로 보인다.

* * *

최근 경성 근방에 빈번히 건설되는 문화주택에 대해서도 연구하면 상당히 고려해야 할 몇 가지 문제가 있다. 특히 하물며 조선인 측에서 볼 때 갑자기 전통의 틀을 벗어나 이런 종류의 문화주택을 건설한다는 것은 과연 어떠한가. 나 일개인의 의견으로는 꼭 종래의 조선 가옥 말을 바꾸자면 '온돌'을 중심으로 하는 주택을 기준 삼아 신식의 조선 가옥을 창안 설계하여 종래의 조선인 주택에 일대쇄신을 가져왔으면 하는 생각이다. 현재 한둘의 지인을 통하여 이러한 계획 아래 소 조선인 주택(임대주택)의 건설을 실행하고 있다. 과연 어떤 물건이 완성될지 지금 상황으로는 설명할 수 없지만, 규모로는 월 15원圓의 임대료 즉 연간 180원 이것을 10%로 잡아 1,800원을 대강 투자의 표준으로 삼고 있다. 토지 및 가옥의 총액을 이 정도로 잡으면 기껏해야 2실, 3실 정도의 소 주택에 불과하나, 민도民度를 참작해 가장 기준이 낮은 것, 수요가 많은 것부터 점차 살기 쾌적한 개량주택을 보급하려고 하는 노파심에 다름 아닌 것으로 이 이상 투자액이 증대하면 할수록 더 좋은 개량개선을 가미할 여지는 많아 따라서 이상적인 물건이 완성되어질 것이다. 이런 의미에서 나는 지난해 거행된 조선박람회와 같은 기회에 내지인용 주택의 모범건축 이외에 조선인용 가옥에 대한 이런 종류의 기획이 있었다면 어느 정도 일반인을 향해 계발할 점이 적지 않게 있지 않았을까 하고 지금에 와서야 유감스럽게 생각하는 바이다.

* * *

풍문에 따르면 다롄大連이나 진저우金州 방면에는 재래의 중국 가옥에 꽤나 새로운 맛을 가미한 살기 쾌적한 개량가옥이 여러 곳에 건축되어져 있다 한다. 그 향토에 적합한 전통의 힘은 결코 하루아침에 없어지는 것이 아닐뿐더러, 그 자체가 오랜 생각과 체험의 결정체이므로 조선인 가옥의 장래는 앞서 말한 바와 같이 현재의 건축을 그대로 기준삼아 여기에 적당한 개량을 가미하는 것이 가장 효과적이다. 기둥을 높게 따라서 기초공사를 견고히 하고 북측은 현재의 돌과 흙으로 된 두꺼운 벽이 최고로 합리적이다. 여기에 처마를 올려 남쪽의 채광을 충분히 흡수하는 시설로 만든다면 낮 동안 온돌의 효과도 더 한층 유효해질 것이다. 쌍미서기 유리문을 설치한 넓은 마루에 등의자 등을 배치하는 궁리를 하게 되는 날에는 이 개량주택이 더 한층 면목을 일신할 것임에 틀림없다.

특히 햇볕을 회피하는 것 같은 지금의 조선 가옥은 아침저녁

약 1시간 이상씩 옅은 햇빛을 얼마나 허비하여 조선인들의 나태성을 초래하고 있는가. 하루 1인 2시간 이상 비경제적인 시간의 낭비는 2천만 대중이 1년 누적되면 실로 엄청난 허비가 된다. 더군다나 이것이 향후 영구히 영향을 미칠 것으로 생각하면 늦게나마 다급히 탄식이 절로 나올 따름이다.

시범적으로 내지와 조선 가옥의 주요부분을 비교 대조하여 연구 자료로 제공해보고 싶다. 물론 이것은 개략적인 것이므로 세밀한 조사결과는 예상하건데 꽤 오류도 나올 것이다.

(적요) 내지 가옥
단위 : 내지 식으로는 1평坪
1평은 6척, 6척 3촌, 6척 5촌 4방方의 3패턴임
조선 가옥
조선 식으로는 1간間
1간이란 6척, 7척, 7척 5촌, 8척 4방의 4패턴임

△건축비
(A) 기와지붕 목조 1평에 대해
최저 ……………… 60원
최고 …………… 300원
보통 임대 ……… 70원
자택 …… 100원

(B) 아연지붕 목조

최저 ················ 35원

최고 ················ 80원

보통 ················ 60원

△기둥 : 최소 3촌각寸角, 최대 4촌 5분分, 보통 3촌 5부각

△기초공사 : 보통 굴삭하고 율석栗石을 붓고 콘크리트로 굳힘

△구조 : 외부 벽칠, 합판 또는 시멘트 칠

(A) 기와지붕 목조 1간

최저 ················ 45원

최고 ·············· 300원

보통 ················ 90원

(B) 아연지붕 (C)

최저 ······ 35원 25원

최고 ······ 60원 50원

보통 ······ 50원 40원

초가지붕 : 둥근 기둥

기와지붕 : 4촌 5부 내지 8촌

아연지붕 : 3촌각

상하의 치수가 달라 건축 그 외에 각별히 신경을 요함

기둥토대 만은 율석으로 굳힘

▲외부

돌, 벽돌 또는 대벽 시멘트 칠

지붕 : 기와지붕, 아연지붕

내부 : 다다미, 문, 맹장지, 벽, 흙 벽칠
천정 : 합판
△채광통풍 : 양호
△보온 : 스토브, 스팀 등의 설비
△보존연한 : 목조 30년 정도
△유지비 : 매년 상당액을 누진 계상할 필요 있음
지붕 : 초가지붕, 기와지붕, 아연지붕
내부 : 온돌 기름종이 바름, 합판, 흙벽 위에 종이 바름
천정 : 종이 바름 또는 천정 없음, 일반적으로 나쁨
온돌로 보온 가능 양호
목조 100년 정도 (내지의 약 3배) 거의 수선을 필요로 하지 않음

상기와 같이 맹장지나 다다미 등을 비교적 많이 필요로 하지 않는 조선가옥의 장점은 유지비와 중대한 관계가 있어 이것의 존폐는 경제적으로 크게 고려할 중요한 연구문제이지 않을 수 없다.

그 밖에 상세한 부분에 대한 연구는 물론 전문가의 특수한 학문을 기다릴 수밖에 없으나, 결국 조선인 생활의 향상 면에서 주택 개선의 문제는 조선 통치라는 큰 견지나 금융업자 및 보험자의 각 방면에서 봤을 때에 각각 진지하게 연구 고찰하여 바로 그 실현을 기획해야 할 긴요한 큰 문제이다.

실제로 교외에 신축되는 현대식 문화 주택에 일만 금을 투자한 자와 신축의 조선 가옥에 일만 금을 투자한 자가 금융업자에게 얼마의 담보가치로 취급 받는지를 보면, 이런 저런 면에서 큰 차가 있음을 알 수 있을 것이다. 토목건축 지식이 부족한 데다 이를 연구하고자 하는 사람도 없는 조선 측의 손에 의해 아직도 구태 그대로 건축되는 조선 가옥이 적어도 투자가격의 2, 3할 이상 문화주택보다 낮게 평가되고 있음은 사실이다. 1만원 중의 2, 3천원은 비율로 볼 때 상당히 큰 금융상의 대 문제이다. 이만큼 현재 조선인 측은 금융상의 불행을 부지불식간에 보고 있는 것이다. 이것을 조선 전체로 보면 경악할 만한 조선인 측의 손실이 있을 것이다. 게다가 경제자원이 부족한 조선인 측의 활동적 소재를 구한다는 점으로 보아도 본 문제가 결코 소홀히 다루어져서는 안 될 것임은 분명하다. 특히 현재 조선 가옥이 하나같이 개축 시기를 맞이하고 또한 시가지에 있어 조선인 팽창률이 경이로운 숫자를 나타내고 있는 오늘날, 더욱이 조선 고유의 대가족주의가 근래 사회적 경제적 여러 방면에서 점차적으로 분해되어 가고 있는 오늘날이기에 향후 조선 가옥의 축조에 관한 각 방면으로부터의 비교연구는 크나큰 의의와 중대성을 지니고 있음을 소리 높여 말할 수밖에 없다.

*　　　　*　　　　*

이상 기술한 바와 같이 나는 지금 새삼 그 업계의 선각자이자 전문가로 조직되고 있는 조선 건축회 분들이 특히 본 문제에 대해 깊이 고려하고 어떠한 방법으로 권위 있는 모범적인 조선 가옥의 설계를 발표하여 향후 이 방면에 대한 조선 대중이 향할 곳을 제시함을 절실히 바라는 바이다. 건축회 정관 중에도 '토목건축에 관한 학술의 연구, 강연, 저술 및 기술자의 양성'이라고 명기되어 있으므로 물론 이 문제 자체를 건축회로서도 당연히 고려해 주시리라 생각되나 더욱 지금 한 발짝 더 나아가 특별히 부탁드리고 싶다. 앞서 마지막 항에도 있듯이 기술자의 양성에 있어 특히 조선인 측의 이 방면에 관한 실력가의 육성훈련에 중점을 두어 연구해 주시기를 바라는 바이다. 현재의 조선 가옥에는 조선인 토목건축업자가 매년 상당히 많은 건축에 종사하고 있으리라 생각되지만, 이러한 청부업자 및 직공 대부분은 여전히 구식의 관념과 경험에 얽매여 어떠한 향상 진보의 노력도 기울이지 않고 있는 실정이므로 향후 개척해야 할 신규양식의 건축에는 도저히 현 상태로는 사용할 수 없다. 그러므로 이를 대신할 신 분야의 취업자로 오로지 내지인 혹은 중국인들의 무수한 침투는 조선인 측의 취업난을 완화하지 못 하는 결과가 되므로 마치 경성의 미장이업자가 엄연히 중국인의 경쟁권역 외에 확고한 지반을 다지고 있듯이 다소나마 고려하는 것이 좋지 않을까 믿는 바이다.

이상 참고하여 보면 재래의 조선 가옥이 얼마나 내외 각 실에 걸쳐 중복되어 있는가가 판명되리라 생각된다.

경성을 중심으로 한 조선 가옥의 방 배치 및 그 외의 명칭

제1. 내실

상류	중류	하류	비고
안방침실	안방	안방	주부 공간
다락	다락		
벽장	벽장	벽장	오시이레押入와 비슷한 수납장소
부엌	부뚜막	부뚜막	취사장
대청	대청	대청	넓은 마루
건넌방	건넌방	건넌방	며느리 공간
벽장			수납장
정원 곁채	정원 곁채		보통 재봉소 여자 또는 유모 기타 여성친척 등이 묵는 곳
뒤뜰 곁채			
복도			복도
광	광		바닥이 깔린 창고
흙창고	흙창고	흙창고	바닥이 없는 창고
내 변소	내 변소	뒷간	여자 화장실
중문	중문	중문	

제2. 외실 (사랑)

안방침실	안방		주인 공간(객실)
다락			
벽장	벽장		수납장
부뚜막			아궁이가 있는 곳
대청	처마		도코노마床の間
건넌방	건넌방		집사 등의 공간
벽장	벽장		수납장
다락처마			베란다
안방			
처마			
건넌방			(하사랑) 자식의 객실 또는 식객의 공간
산정 사랑			보통 산 쪽에 있는 별도의 객실
수청방			남자 머슴의 거처
바깥 변소	바깥 변소		변소
사랑문	사랑문		남자 객 통용문

제3. 행랑

행랑	행랑		부부로 사는 머슴의 거주 공간
바깥 변소			하인의 변소
대문	대문	대문	

—『朝鮮公論』第19巻6号, 1931.6

경성만담풍경1

●

이와모토 젠베이(岩本善併) 글
이와모토 마사지(岩本正二) 그림

1. 포장도로

경성부는 조선반도의 심장이다.

모든 방면에서 발전하고 있는 등. 경성부에 대한 지방인人적인 관념을 대충 양성해 두고 이제 경성 풍경을 그리려고 하나, 산에 들어가면 산의 형태가 안 보인다거나 하는 식으로 경성 내에 살고 있어 사실은 경성 그 자체의 모습을 모른다. 하지만 이렇게 끝내 버리면 딱히 내 일이 없다. 그래서 안다 치고 써 갈 테니, 이것도 불경기의 탓으로 하고 읽어 주었으면 한다.

어이, 이런 놈이 있어 불경기가 된 것이지. 아니 불경기는 내 탓이 아닙니다만, 에취!

*　　　　*　　　　*

태연스레 경성 역으로 나가 나는 오랫동안 여행 다녀왔다 이제 막 도착한 척 하는 난센스.

남대문 역 시대보다는 좋다고 찬찬히 주위를 둘러다 본다. 옛날에는 이쯤에 지게꾼이 있었는데? 얼마 전까지지는 지게꾼도 경성 명물이었다고, 뭐든 옛 기억은 그리운 법이다. 지게꾼 대양에 버려진 빌딩과 빌딩 사이의 좁은 골목길에서 유일한 장사도구인 지게에 앉아 대나무 파이프의 끝이 타고 있어 남 보기에도 불안하게 완전히 끝이 문질러진 담배를—마코マコ겠지. 빠끔빠끔, 그래도 여유인데 밥은 먹을 수 있습니까?라고 묻는 것은 어리석은 짓이다. 저 긴 담뱃대를 잊고 있다. 이 사회에도 시대의 희미한 그림자가 보입니다.

*　　　　*　　　　*

경성 역에서 남대문까지는 일직선……. 점점 노면이 높아지지만, 남대문부터는 계속 낮아진다.

경성 명물의 그림엽서에는 담쟁이덩굴이 얽힌 남대문을 배경으로 멋진 기생의 모습, 긴 북을 따라 노래 부르는 아름다운 그 모습이다. 춤추는 모습이다.

외국인이 게이샤 또는 걸로 일본을 기억한다면, 조선은 기생

博覧會がある度に
妓生は
朝鮮をかつ
朝鮮

및 걸로 기억할 것이다.

무슨 박람회가 있을 때마다 기생은 조선을 짊어지고 날아간다. 기생도 근대화해 간다. 조금 있으면 '기생'이라는 제목의 소설이 나올 거예요. 그리고 '기생의 노래'도요. H씨의 '여급'처럼 아주 잘 팔릴 것이다. 왜냐하면 클래식과 모더니즘의 교착적인 존재이지요. 어떤 사조의 흐름에 떠 있으니까…… 나 돈벌이에게는 빈틈이 없는데—앗! 유유히 탈선해 버렸다.

담쟁이덩굴이 얽힌 남대문의 다음이다. 고풍스런 남대문 쪽에 무슨 식 건축인지는 모르겠지만, 모던한 폴리스 스테이션이 있다. 물론 따라갈 수 없지만, 내가 엄청 좋아하는 순경이 있다.

고전적인 남대문을 지키는 것과 같은 모던, 폴리스, 스테이션. 그것은 경성—넓게는 조선을 표징表徵하는, 아주 멋진 대조이기는 하다. 신 경성 명물의 그림엽서에는 남대문을 배경으로 젊고 아름다운 기생, 그리고 이 폴리스, 스테이션이 웃고 있다. 하얗게 빛나고 있다.

*　　　*　　　*

급 스피드로 건설되는 경성의 가로풍경은 급템포를 요구하는 근대인을 만족시키지만 그것이 제각각이라는 점에서 안정감이 결여되어 있다. 이 안정감 운운은 느릿느릿함을 의미하는 것이 아니다. 조바심을 의미한다. 급 스피드도 그것이 제각각이면 신경쇠약이 된다. 그래서 경성인은 짜증이 나는 것이다.라고 나는 생각하고 있으나….

남대문 앞의 총독부 상공 장려관의 건축을 보면 대도시 경성임을 자랑하고 싶지만, 한 걸음 조선은행에 가까이 갈수록 가끔씩 경사가 완만한 기와의 지붕—경성도 아직 젊구나 생각하게 된다.

조선은행 앞의 광장에 서면 판이하게 이 감각이 변한다. 당당한 경성 우체국, 르네상스식 건축의 미쓰코시—그 옆은 빈 터라고 얼버무려서는 안 된다.

첨단 인으로서의 연애를 맛보고 싶다면, 땅거미가 질 무렵, 이 주변에서 랑데부하면 좋다. 매우 시적이고 한편 재즈적인 꿈의 거리를 원한다면 남대문 방면으로, 사랑의 거리를 원한다면 본정本町 방면으로 가벼이 갈 수 있으니 네오, 로맨티스트, 네오, 센티멘털리즘, 그것은 각각의 취향 나름이다. 도시의 감각성 칵테일에 취해 있다. 빨강입니다. 파랑입니다. 광고입니다. 대도시 경성의 불빛도 밝은 십자로의 사랑, 구애, 이것이 조선은행 앞의 공기인 것이다.

* * *

경성이라는 향토색이 무엇으로 표현되어 있는가. 이것은 어려운 문제이다. 나 자신의 둔감함을 속이려는 것은 아니지만 이 해

답에는 누구나 상당히 고생한다.

구미歐美화 되어가는 현대이다. 백의가 양장으로, 통나무배 같던 신발이 구두로, 그 풍경 풍속, 머리형 모든 것이 급속도로 변화해가고 있다. 과도기이다. 일본화—좁은 견지에서—구미화의 이중주에 장단 맞추는 경성이다.

교외의 조선 젊은이들의 대화에조차 일본 영화의 비평이 오간다. 백의와 민둥산과 바가지에 김치 등은 이미 경성의 이미지가 아니다. 조선의 시골이다. 붉은 고추가 지붕에 널려 있다. 조선 시골집에도 라디오가 보급되어 있다. 시골의 분위기이다.

JODK, 서도잡가西道雜歌입니다. 조선의 시골에 가지 않고도 교외의 밤—맑은 밤에는 긴 담뱃대를 입에 문 사람들이 양반의 집에서 들려오는 라디오에 취해 있다. 여름밤에는 특히 그러한 사람들의 모습을 길거리에서 볼 수 있다.

경성—의 향토색은?

조선신궁의 커다란 도리이鳥居에 파랗게 이끼가 무성할 즈음, 아니 그럴 일이 있을까, 그럼 적토에 심은 초등학생의 어린 나무가 쑥쑥 자라 나무그늘을 만들 즈음이 아니면 경성이라는 특색 있는 로컬 컬러가 완전히 자리 잡아 나의 시선에 확실히 들어오는 일은 없으리라 생각한다.

그래도 경박스러운 나, 은방울 등에 불이 켜질 무렵, 혼마치本町를 어슬렁어슬렁 말하고 싶지만 재빠르게 걸어 보았다. 도쿄를

알기 위해서는 긴 브라銀ブラ[1])가 필요하다고 한다. 경성을 알기 위해서는 도쿄화한 혼 브라本ブラ[2])가 필요할 것이다. 아무튼 많이 좁은 길이기는 하다. 줄줄이 많은 사람들, 그래도 빠르게 잘 걸어가고 있다. 천천히 두리번거리며 걷고 있으면 시골사람으로 오해를 받지만, 밤이 깊어감에 따라 이렇게 두리번거리며 천천히 걷는 사람들이 많아지는 것도 신기하다.

혼마치의 냄새는 샐러리맨을 유인하는 불규칙한 소매상 전선에 재즈나 에로 등의 진출, 모든 것이 조만간에 내지를 따라잡을 조선의 저널리즘이 발산하는 데에서 냄새가 난다고 비꼬아 말하고 싶지만, 대여섯 번 왕복하지 않으면 모자란다고 말하는 젊은 이들이 좋아하는 거리인 만큼 활기찬 생기를 띠고 있다. 맥없이 쓰러진 가게가 어느새 음식점이 되어가는 현상도 그 원인일 것이다.

혼마치 1, 2, 3정목町目에서 "뒤로 돌아"가 젊은 경성인이 흔히 가진 심리이지만, 두세 잔 걸치고 비틀거리며 4, 5정목에서 신마치新町로 빠져나가는 것은 샤미센三味線의 소리가 그리운 풍류인이 되기 때문이다. 젊은 경성인이 "뒤로 돌아"를 하지 않도록 4, 5정목 거리를 더욱 번영시켜야겠다. 혼마치 종점(전차)의 사거리는 조선은행 앞과 같은 감각을 지닐 소질이 있음을 생각하며 어둑어

1) 도쿄의 긴자(銀座)를 어슬렁어슬렁 구경하며 걷는 일.
2) 경성의 혼마치(本町) 즉 명동 일대의 산책을 '긴 브라'에 빗대어 일컫던 말.

둑한 황금정黃金町 방면으로 돌아간다.

갑자기 넓디넓은 대륙적인 기분이 돌로 된 포장도로에 메아리친다.

헤이안平安 시대의 꿈을 떠오르게 하는 옷자락이 긴 하얀 옷을 두른 조선 부인과 이 거리를 산책하면 경성의 향토색을 그릴 수 있을는지도 모른다.

그녀는 아리랑을 낮은 곡조로 부르고 아카시아와 박꽃 향이 나는 체취를 저녁 안개의 베일로 감싸—그녀를 비치는 배와 같은 구두에 이어 나, 유창한 일본어로 그녀가 경성에 대해 말하는 것을 기다린다.

그러한 값싼 환영을 그린 황금정을 걷고 있다. 밤은 매우 신비하다. 경성을 미화시켜 준다. 특히 황금정의 야경은 혼마치와 같은 흘금흘금 삽상함이 아니라, 명랑한 우울함이—사랑에 지친 꿈의 거리라는 감상적인 말에 따라 한 고통스러운 도회의 적막함에 끌려 들어간다. 도시다운 밤의 분위기에 넋을 잃고 바라보는 여유를 준다. 그것은 둘이서, 셋이서, 혼자 남겨진 경우에도 거의 변함은 없다. 그것을 의식하고 안하고는 황금정이 알 바가 아니나, 장래 포장도로를 따라 멋진 가로수가 심어지거나 혹은 고층 건축이 쭉 늘어서더라도 이 감각을 황금정은 버리지 않을 것이다. 도시다운 정적을 원하는 사람이 많아지면 필연적으로 이 거리는 번영한다.

裾の長い白衣の朝鮮婦人と
この街を散歩したら……
S.Iwn.

도시다운 소음에서 자극을 원하던 경성인도 언젠가 그 자극에 지치면 반동적으로 그것을 요구할 테니까—라고 나는 생각하는데요.

낮 시간의 황금정은 그냥 모래 먼지의 도로, 전차, 자동차, 자전거의 총출동. 발판에 올라 탄 교통순사의 로봇식 감각에 지나지 않는다. 가끔 악취 물씬 나는 인분마차도 지나간다고, 이것은 낮은 목소리로—.

경성 거리는 이뿐만이 아니지만, 내지인이 보행하는 대표적 포장도로는 이상으로 마치도록 하겠다. (후속)

—『朝鮮公論』 第19卷7号, 1931.7

‖ 단편 ‖

'과거'의 세탁

●

모리 본(森凡)

“아아, 오랜만…… 우연이란 묘한 것이네요. 정반대인가, 여기서 만날 줄은 생각지도 못했어요. 이전에 상의도 하지 않았었는데, 누가 보아도 우연이라고는 생각지 않을 걸요. 당신도 오해하고 계시죠. 제가 당신이 여기에 들어오시는 것을 보고 뒤따라 들어왔다고 생각하고 계시죠.”

“아니, 정말 의외의 장소에서, 음, 건강하셨습니까? 언제 여기로……”

“벌써 4일째에요. 저쪽(경성)을 떠나기 전에 드린 편지 보셨나요. 아 그래요, 제가 완전히 잊고 있었네요, 실례. 그때는 일부러 선물까지 주시고 감사했습니다.”

“세리자와芹澤 군도 함께 있습니까?”

“예, 오늘은 조금 정리해야 할 일이 있어 아침부터 나갔어요. 4

시에 여기서 만나기로 했는데, 저 혼자 숙소에 있으면 심심해서 낮부터 나온 거랍니다."

"어때요? 신혼생활은 재미있나…?"

"재미없을 것도 없고요. 적어도 심심하지는 않아요."

"세리자와 군이 잘 해 주나요……?"

"예, 지금은요. 저도 같은 마음으로 있어요……"

"그것 잘 되었군. 음, 당신도 이번에는 잘 버텨서 안정된 생활을 해보시게."

"물론이에요. 아시다시피 오랫동안 제멋대로인 생활해 온걸요. 세리자와와의 결혼은 엄청 생각해서 정한 일이고, 이전에 편지 드린 것 역시 이러한 일들을 여러모로 생각한 끝에 한 것이에요. 벌써 서른이거든요. 저도 지금까지처럼 살 수는 없죠."

"서른……? 항상 당신은 젊군. 스물 서넛 정도로밖에 안 보이는 걸. 벌써 그렇군. 그러고 보니 이전 연애 파탄사건으로, 당신이 경성으로 온 것이 7년 전 스물세 살 때 여름이었지. 미인은 복이야. 언제까지나 스물 서넛으로 있을 수 있으니."

"와, 항상 말은 잘 하네요. 이미 아니에요. 노인네가 다 되어서…… 그건 그렇고 때마침 당신을 만났으니 진지한 상담이 있는데. 좀 들어 주지 않겠어? 나 혼자서는 어떻게 해야 할지 좀 곤란한 상황에 있어……"

"무슨 일인지? 나라고 좋은 판단을 할 수 있을지."

"당신이라면 잘 할 수 있을 거예요."

"자, 무슨 일인지 얘기해 보게."

"나랑 관련된 일. 음, 간단히 말하자면 세리자와와 결혼하기 전의 일. 당신은 나에 대해 뭐든 잘 아니까 얘기하는데 말에요, 뭐 나도 옛날에는 마구잡이 생활을 했었어요. 그건 이쪽(도쿄)에 있을 때는 그렇다 치고, 저쪽(경성)에 가서도 여러 일들이 있었지 않아요? 그 일이에요. 여하튼 나도 여러모로 생각한 끝에 세리자와와 부부가 되었으니 이번 기회에 모든 것을 세리자와에게 다 얘기하는 것이 좋지 않을까 생각해요. 나중에 이런저런 얘기가 세리자와의 귀에 들어가면 세리자와도 기분이 좋지 않을 테니까요."

"음, 그것은 좀 생각해 보아야겠군. 남자란 매우 단순한 것 같아도 그러한 문제에 대해서는 아주 복잡한 감정을 품게 마련이니."

"그럴까요? 그래도 이렇게 전에 여러모로 관계가 있었던 사람 중에는 세리자와의 친구도 한두 사람이 있어요. 언젠가 집에라도 놀러오게 되어 그걸 세리자와가 알게라도 되면 나는 괜히 의심받게 되는 게 괴롭단 말에요."

"음, 나로서는 대답하기 어렵군. 하지만 내가 당신 입장이라면 적어도 숨길 수 있을 때까지는 숨기겠네. 또 내가 세리자와라고 하여도, 음, 신혼의 아내로부터 그런 불유쾌한 고백은 듣고 싶지 않을 거요.”

“그럴까요? 그렇지만, 단 한 사람에 대해서는 이미 세리자와에게 말했어요. 단지 한 번 있었다고. 그랬더니 세리자와는 불유쾌한 얼굴은 전혀 하지 않았어요. 그 정도의 일은 있을 수도 있다며 그저 웃고 있던 걸요. 다음에 도쿄에서 둘이서 만나 식사라도 함께 하며, 뭐 둘의 장래를 상담할 수 있는 상대로 생각하면 되지 않겠느냐는 정도였으니까.”

“그 단 한 사람이란 누구를 말하는지?”

“당신과의 일.”

“응, 뭐지 이건. 당신, 그럴 필요도 없고 서로가 어색해지는 그런 말을 일부러 꺼낼 필요는 없지 않은가?”

“그렇게 무서운 눈을 할 필요까지는 없지 않아? 그렇게 하면 내가 말해버린 게 세리자와의 기억에서 사라지기라도 할 거라고 생각하는 거야?”

“당신도 의외로 선불리 행동하는 사람이네. 당신과 나와의 관계야말로 당신과 나 이외에는 아는 사람이 없지 않은가. 그런 것을 고백할 정도라면 좀 더 세리자와 군에게 알려질까 걱정되는 사람을 얘기하는 편이 훨씬 더 효과적이지 않았을까. 한 사람을 벌써 얘기해 버렸다면 오히려 전부를 얘기하는 편이 나을지도 모르지.”

“당신이 그렇게 될 대로 되라는 식으로 말하면 전부 엉망진창

이 되어버리지 않아?"

"엉망으로는 되지 않아. 그 대신 세리자와 군으로부터도 자백을 받으면 되지 않겠는가?"

"세리자와의 일이라면?"

"결국 세리자와 군에게 먼저 과거의 고백을 시켜야지. 당신과의 결혼 전에 있었던 관계를……"

"그런 일을 그 사람이 얘기 할까."

"남자란 말이야. 해. 나도 과거를 고백할 테니라고 얘기하면……"

"그럴까? 그래도 그 사람은 틀림없이 나에 관한 얘기만 들으려 하고, 자기 일은 얘기하지 않을 것 같은데요."

"세리자와 군이 말하지 않으면 당신도 얘기하지 않으면 되지. 세리자와 군이 한 명을 얘기하면 당신도 한 명만 자백하면 되지. 그래서 세리자와 군이 당신과 서로 이해하게 되고, 그 이후에는 결백하다고 얘기하면 너도 결백하다는 얼굴을 하면 되지 않을까?"

"그게 말이야. 세리자와는 나와 알기 전에는 어땠는지 몰라도, 적어도 내가 용서하고 나서는 그런 일은 없다고 해요. 그러니까 나 역시 그럴 거라 믿어 주고 있는 듯."

"그런데 세리자와 군과 당신이 서로 용서하게 된 건 언제쯤인가?"

"당신이 경성을 떠나기 1년쯤 전이었으니, 3년 정도가 되겠네요."

"그렇다면 요시에ヨシエ와의 일은 당신은 모르겠네. 카페 △△의……"

"아……"

"도키타 후미時田フミ라고, 병원의 간호사는…"

"그 사람과도 관계가 있었나요……"

"아사히마치旭町의 슈류秀龍라는 기생에 대해서는."

"음, 그런 저질과……"

"그럼, 장충단공원 옆에 살고 있던 와카모토若本라는 미망인 건은 물론 모르겠군."

"아, 싫다. 그런 사람……과"

"하마쿠라濱倉라는, 카페 △△의 마담은?"

"놀랍군요……"

"△△△의 종업원 오사키おサキ의 건도……"

"이제 그만 됐어요. 나 기분이 나빠졌어요. 나 정반대로 그렇게 막 살아온 사람이라고는 생각지 않았는데. 나를 알고 나서도 그렇게 많이 있다면, 그 이전에는 어느 정도였는지 짐작조차 못 하겠네."

"이전이라면 아직 많이 있지."

"이제 그만. 그런 사람이라면 내가 과거를 반성하고 죄인인양 입장에서 미적미적할 필요는 눈곱만큼도 없군요."

"그러기에 얘기하는 것이지. 서로가 숨길 부분은 가능한 숨기면 되지. 그것이 부부로서 가장 행복한 방법이라네. 당신도 지금 나한테 들은 얘기는 모르는 척하고 세리자와 군을 사랑해 주면 됩니다. 틀림없이 세리자와 군도 어떤 기회에 나한테 당신과 같은 상담을 할 거요. 그 때에 내가 방금 당신에게 얘기한 것과 같이 당신에 관한 얘기를 세리자와에게 하면 어떨까? 지금 당신이 자신의 행동은 잊고 세리자와 군만 기분 나쁘게 생각하는 것과 마찬가지로 세리자와 군도 당신에 대해 그런 감정을 갖게 되는 거지. 하물며 당신 입에서 고백을 듣는다면 어떨까? 당신이 이 얘기를 세리자와의 입에서 자랑처럼 이런 말을 들었다면, 그것이 야말로 소름끼쳐 진저리나는 것이 아니겠는가?"

"그렇지만 너무 놀랐어요. 그런 사람이었을 줄은 몰랐어. 과거는 과거라 하지만, 적어도 나를 알고 나서는 나 이외에는 없다고 믿고 있었는데."

"그게 좋은 거지. 당신은 세리자와를 그렇게 믿고, 세리자와 군은 당신을 그렇게 생각하면 그것이 가장 행복이지. 과거는 어디까지나 과거 아닌가. 과거라는 건 레인코트에 묻은 진흙 튄 거와 같은 것이어서 씻어버리면 그만인 것이지. 남은 얼룩 따위 그냥 잊어버려. 언제까지나 그런 희미한 얼룩을 신경 쓰는 그런 사람은 극히 드문 신경질적인 인간일 뿐이지. 봐 보게나, 길을 가는 사람들의 레인코트 소매를. 누구든 새것을 입지 않은 다음에야 희미한 진흙 얼룩은 다 있기 마련이고, 세상 사람들은 그런 얼룩 따위는 완전히 잊어버리고, 모르는 양 그런 기분으로 걷고 있을 뿐이지."

"그래도 역시 그런 말을 들으면 좋은 기분은 아니네. 아무리 내가 그렇다 하더라도……"

"그렇겠지. 세리자와 군도 같은 기분이지 않을까? 당신의 과거를 들으면 역시 좋은 기분은 안 들겠지. 당신의 지금 감정은 자기만의 감정이라는 거지. 그렇지 않나. 세리자와와 관계를 가진 게 3년 전이라면, 그 이후에도 당신도 꽤나……"

"이제 그만 됐어요. 그런 얘기 여기서 몇 번이나 하지 않아도."

"음, 지금의 얘기를 세리자와에게 말하면 곤란하겠지. 곤란한 것은 내가 아니고 당신. 내가 당신에게 얘기했다는 것을 세리자와 군이 알지 못한다 할지라도 당신이 그걸 알았다는 것을 세리자와 군이 알게 되면, 세리자와 군도 필시 당신에 대한 견제로 당신의 과거를 알기 위해 나에게 올 것이니 내 입장이 곤란해지지. 결국 서로가 모든 것을 자백해 버리는 상황이 되어 버릴 테니."

"그건 그래도 나로서도 가만히 있을 수는 없어요."

"가만히 있을 수 없다면, 말하는 수밖에. 당신 자신이 먼저 세리자와 군에게 자백하는 거지. 그리고 세리자와 군을 추궁하는

게 순서겠지. 그렇지만 단언하건데, 그것이 결코 둘 사이를 행복하게 하지는 않을 거야. 세탁 후에 깨끗해진 겨울옷의 어딘가에 남아 있던 얼룩을 당신이 발견하여 그것을 아무 것도 모르고 있는 세리자와 군에게 일부러 알리는 격이지 않나. 얼룩이라는 것을 신경 쓰게 되면 끝이 없는 법이니."

"그 기분은 나도 잘 알아요."

"안다면 그렇게 해야지. 당신만의 가슴으로 지금 얘기를 세탁해서 잊어버려야지. 그게 가장 좋은 방법이야. 옷깃에 남아 있다해도 딱히 그것 때문에 무겁다든가 걷기 어렵다든가 하는 얼룩이 아니지 않은가. 신경 쓰면 쓰는 만큼 손해인 셈이지. 뭐, 나도 다음에는 새로운 기분으로 두 사람과 만나겠네. 과거라는 것은 나아버린 상처를 소독하는 것보다도 무익한 일로, 쓸데없이 기분 나쁘게 하는 것이니. 이제 속이 시원해졌나요? 안녕히 가세요. (6,10,20)

—『朝鮮公論』第19巻12号, 1931.12

조선의 색의 장려

●

김서규(金瑞圭)

현재 조선인의 실생활에서 개선을 필요로 하는 일은 적지 않습니다만, 최우선으로 다급한 것은 색의色服 장려입니다.

종래 우리 조선인이 백의白衣를 입은 것은 아무런 근거가 없는 것으로, 단지 일시적인 사물이 우리들의 인순고식에 의해 우연히 만들어진 풍속에 지나지 않는 것입니다. 뿐만 아니라 백의는 불길한 옷으로서 이조시대에는 조령朝令에 의해 엄금하기까지 했던 것입니다. 그것이 점차 습관이 되어 활동을 저해하고 심히 비경제적이어서 생활의 피폐를 초래하면서도 태연스럽게 백의민족이라 자칭합니다만, 이것이 뭔가 자랑할 만한 명칭이라면 그다지 부끄러울 것도 없겠으나, 하나도 좋은 점은 없고 쇠퇴를 상징하는 이 백의에 대해 외국인은 물론 우리들 조선인 스스로가 백의민족이라 자칭하는 것은 실로 아연할 일입니다. 세계 각국도 그러하나 조선도 원래 복장이 백의가 아니라 색의였던 것입니다. 수천 년 이전에는 문헌으로 남아있는 것이 없어 알 수 없지만, 조선은 원래가 색의를 입었으며, 공적 사적으로 제사 비애 근신을 나타내는 장례식 등 비상시를 제외한 그 외에는 삼국시대와 고려시대에도 모두 색의였던 것입니다. 과학문명이 발달한 오늘날에는 미신이라고 일소해 버릴지 모르겠으나, 조선은 동방 국으로서 청색을 숭상해야 하며, 또한 왕실의 성이 이李씨이니 글자 해석상으로 보아 나무木에 속하며 나무는 또한 이 청색을 숭상해야 하는 것이었습니다. 그러나 서방은 오행 이론상 금金으로 백의입니다만, 만일 국민의 의복 색이 서방의 흰색이 된다면 금극목金克木이 되기 때문에 국운과 왕실운 모두 불길하다 하여 국왕에서 선비서민에 이르기까지 관복과 사복을 따지지 않고 청색 옷 혹은 다른 색 옷을 조령에 의해 엄금한 것이었습니다. 위에서 말한 바와 같이 다만 국상이나 부모상 및 기타 상복 때 비상시에 한하여, 임시로 백의를 입고 또 예외로는 당시 평민이하의 대우를 받은 일부 계급에서만 백의를 입었던 것입니다. 이와 같이 백의는 천한 옷이자 흉복이기도 하였던 것입니다.

그럼 어느 시기부터 백의로 바뀌었는가 하면, 상하를 통틀어 누구를 막론하고 궁내 출입에까지 절대로 백의를 용납하지 않던 것이 정종대왕 시대에 대왕께서 그 황고장조의 상복을 입지 않았음을 깊이 통한하여 평생 상심하신 이유에서 상의는 색의로 해도 속바지에 한해서는 흰색을 입었기에 궁중에 출입하는 일반 관리들이 그 상의 틈으로 속바지의 흰색이 간혹 노출됨을 우려러 점차적으로 모방하여 종국에는 백색으로 되었다고 합니다. 또한 상의의 백색은 언제부터인가라고 한다면, 이것은 하루아침에 생긴 것은 아닐 테지요.

이조 말엽에 이르러 불행히도 국상이 속출하여 헌종대왕 전비 김씨, 헌종대왕, 순조대왕비 김씨, 철종대왕, 철종대왕비 김씨 이상 각 전하의 승하가 있은 그 사이가 그리 떨어져 있지 않아 일반국민은 3년 혹은 만년 상을 치렀습니다만, 탈상 시기에 이르러 흰 옷 흰 갓 차림의 사람이 갑자기 색깔 있는 옷을 입는 것은 보기에 이상했기 때문에 부지불식간에 그때그때 조금씩 흐린 색이 되어 지금으로부터 41년 전에 익종대왕비 조씨의 3년 상을 당하면서는 한층 변화되어 노인은 흰 옷을 소년은 옥색 옷을 입도록, 또 근대에 이르러서는 명성황후 민씨, 명헌태후 홍씨, 순명황후 민씨의 국상이 연속하여 10년 이내에 일어났고, 특히 명성황후 국상 이후에는 산림지사 사이에 너무나 비통한 나머지 종신 상복 차림으로 지내겠다는 주장이 분분하여 일반에까지 자극을 주어 백의 착용을 증가시킨 것입니다. 그리하여 근대에 이르러서는 백의 금지령도 없어 흰 것이 완전히 자유였으므로 수십 년 이래 알게 모르게 완전히 백의가 되어 버렸습니다. 또한 과부와 상중의 복장이 아니면 절대 흰 옷을 기피했던 부인들, 새 신부까지도 점차 흰 옷이 되어 지금은 우리 조선인을 보면 전부가 상복이자 과부이자 천인賤人인 기이한 현상을 보이고 있는 것입니다. 의복 색의 내력이 위에서 말한 바와 같으므로, 오늘날 우리들이 백의를 색의로 바꾸는 것은 개량이 아니라 원래 우리들은 색의이자 우리 선조들이 입었던 의복 색으로 복귀하는 것입니다.

생활난이 극도에 달한 현재, 우리들 조선인 수준으로는 의복 한 벌이 조금의 노력으로는 불가능한 것입니다. 그런데 이것이 흰옷인 고로, 새로 입은 지 며칠 되지 않아 금방 더러워져 불결해지는 것입니다. 불결한 상태 그대로 두면 자신은 물론 타인도 불쾌해지며 또한 이것을 세탁하려면 독한 소다로 삶아 방망이로 엄청 두들겨야 하는데, 만일 빨래할 때 모래 한 알이라도 있다가는 바로 찢어져 상하게 되며 게다가 정련한 돌로 세게 두들기고 또 큰 봉에 감아 난타함으로써 그 원재료가 세탁 한 번에 심하게 손상될 뿐만 아니라 주야를 조금도 쉬지 못하고 부인들의 재봉하는 노고가 과연 얼마나 큰가. 그러한 천신만고 끝에 깨끗해진 백의가 사오일 입으면 또 더러워져 버리기 때문에, 다시 반복하여 앞과 같은 방법으로 세탁함으로 의복의 원재료는 세탁에 전부 손상되어 부인들은 그 노력을 평생 이에 바치게 되는 것입니다. 그렇다면 우리들이 색의를 입으면 얼마나 이익이 있을까요. 우선 색의이므로 간단히 오손되지 않아 번번이 세탁할 필요가 없고, 또 독한 소다로 삶고 봉으로 두들겨 정련하지 않아도 됩니다. 비누로 삶아 세탁해 다리미를 사용하면 되는 것입니다. 그리하여 활동경제, 노력에 막대한 이익이 생기는 것입니다. 우리들이 아무리 절약하여 의복의 원재료를 산다 하더라도 한 벌에 2원은 듭니다. 이런 세탁의 빈도와 원재료에 미치는 손상으로 본다면, 색의를 입으면 봄, 가을, 겨울 세 계절을 통해 적어도 의복 한 벌을 벌 수 있는 셈입니다. 가정에 따라 다소 다르겠지만, 한 가족을 평균 5명으로 간주해서 1인 1년에 2원씩, 여유가 있다면 우리 조선 2천만 민중에 있어 1년에 4천만 원, 한일합병 후 오늘에 이르기까지 20여 년간 약 8억만 원의 저축이 가능한 셈입니다. 우리들의 활동과 노력과 경제에 막대한 손실을 가져올 뿐만 아니라, 원래 천복이자 흉복이요 나아가 백의민족이라는 쇠퇴를 상징하는 별명을 들으면서까지 흰옷을 입는 것은 참으로 어리석은 일이 아닌지요. 위에서 숫자로 들어 말씀드린 것이 색의를 입음으로써 창출되는 직접적 이익이라 한다면, 더 나아가 간접적 이익으로는 부인들의 노동시간을 다른 가사와 부업 방면에 이용한다면 그 결과로 생기는 전후의 이익이 과연 얼마나 생길는지 모를 일인 것입니다.

오늘날 우리들이 외출하려면, 남녀를 불문하고 대부분 기차, 자동차, 혹은 기선을 탑니다. 특히 남자는 평상시 사회활동을 하므로 그 횟수가 빈번합니다만, 매연이나 기계기름과 같은 것이 조금이라도 묻으면 의복 전체를 못 쓰게 되며, 또 비가 내릴 때에는 의복에 얽매여 외출이 불가능한 취약점이 생겨 외국인은 조선인을 종이인간紙人이라 조소하기까지 하는 것입니다.

따라서 색의는 길복이요 귀복이라 아이들에게는 전부 색의를 입히는 것입니다. 자신은 백의를 입으면서 아이들은 길복으로 입히는 것입니다. 한 가족이라면 아이들만 길할 것이 아니라 온 가족이 모두 길해져야 되지 않겠습니까? 실로 웃을 수밖에 없는 일입니다. 옛날에는 염료를 구하기가 매우 어려웠으므로 일반적으로 고심했지만, 지금은 염료가 많이 판매되므로 염색은 간단한 일입니다. 물론 위생상으로 연구한 결과, 여름철에는 양복, 일식 복장도 흰색을 입으니 여름에 한해서는 흰 옷으로 지장 없겠으나 봄, 가을, 겨울 세 계절은 전부 색의로 하지 않으면 안 될 것입니다. 색의는 어떤 색이라도 상관없겠으나, 내 바람으로는 가능한 검은색으로 하는 것이 적당하다고 생각합니다. 또한 색의를 실시함에 대해서는 결코 반대하는 자가 없으리라 생각합니다. 남녀노소를 불문하고 경제적이고 활동적이며 시대적인데 누가 반대하겠습니까. 특히 부녀자들에게 이것 이상의 적선은 없습니다. 아무쪼록 조금이라도 인습에 얽매여 주저하는 일 없이 서로 협력해 하루라도 빨리 전 조선에 색의가 보급될 것을 간절히 바라는 바입니다.

—『朝鮮公論』第20巻6号, 1932.6

경성부를 이야기하다

●

이노우에 기요시(井上清)

영광스런 과거의 역사와 전도양양한 희망에 빛나는 언론계의 왕자 조선공론사가 월간 「조선공론」을 창간한 이래, 오늘의 만 20주년을 맞이하여 그 기념호를 발간하기에 이른 것은 반도의 이 업계를 위해 그야말로 쾌재를 부르지 않을 수 없는 기쁜 일이다.

바야흐로 우리나라는 내우외환의 혼란 가운데, 실로 말 그대로 국제 혼란의 가을을 맞고 있다. 이러한 국가적 중대시기에 처해 더 한층 절실히 요구되는 언론보국의 대 사명 달성에 최선을 다해 종래의 영예를 장래의 영광으로 빛내고, 나아가 사운의 흥성과 더불어 반도 문화의 진전에 기여할 것을 간절히 소망하는 바이다.

이 기념호의 발간에 즈음하여 사장 이시모리 히사야石森久弥 씨로부터 특별히 귀한 지면을 할애 받았기에 나는 이 기회를 빌려 간단히 경성부의 윤곽 및 부정府政의 개요에 대해 논해 보고자 한다.

조선의 수도인 우리 경성부는 이조 500년의 오랜 도읍으로서 조선반도의 중앙부에 있다. 주변이 삼면 산으로 둘러싸여 북으로는 기봉 북한산이 높이 구름 위로 암석을 드러내고, 남으로는 늘 비취색 녹음이 향기로운 남산을 업어 서남쪽으로 살짝 전개하여 용산으로 이어지고 반도 5대 강의 하나인 한강이 그 남쪽을 흘러 서쪽으로 나아가 황해에 이르고 있는 것이다. 성내는 동서남북 대개가 거리가 같은데, 동・서・남 세 방향으로는 위엄 있는 대문을 세우고 배후로 있는 북한의 준엄함은 자연 성벽을 이루어 4면 5리 간의 성벽을 자랑하고 있어 그 요새의 견고함은 다른 어느 곳에서도 찾아볼 수 없는 조선 왕도의 면모를 보이고 있다. 게다가 당시는 조성(明6의 종)과 석성(暮6의 종)이라 칭하고 큰 종을 쳐서, 이를 신호로 각 문을 개폐하여 서민의 출입을 엄금한 것이다. 이로써 그 용의주도함을 알기에 충분하다. 이 종에 대해서는 기이한 전설도 있는데, 지금도 국보로서 부내 종로가의 보신각에 보관되어 있다.

바야흐로 경성부는 내선 인을 합해 인구 40만이라 불리며, 내지 6대 도시에 버금가는 대도시가 되었다. 이와 같이 경성의 인구는 해마다 가속적인 증가를 보여 한일합병 당시 20만이라 했던 것이 22년을 경과한 오늘날에는 40만 부민으로 불리게 되고 그 지역도 꽤나 확대되었으나, 현재 조사 중인 도시계획에서는 최근 일반적 경향인 인구의 도시집중 실정에 비추어 더욱 그 윤곽을 확장하여 동서 4리 남북 2리에 걸친 지역으로 한 대大 경성 건설을 목표로 삼고 있다. 이 계획이 수행될 즈음에는 대 경성의 면모는 한층 새로워지고, 상공업 발전 문화의 미, 건축의 멋이 경합하여 고아한 조선의 건축과 더불어 취향 있는 대도시가 출현하게 될 것이다.

"한양의, 옛날을 이어 반도의, 영광스런 도부都府 우리들 부민, 영겁의, 복을 기뻐함이여, 아아 대 경성. 북악의 하늘, 높이 솟아, 남산의, 푸름도 깊이, 우리들 부민, 한없이, 전진하는, 아아 대 경성. 영원히, 흐를, 한강의, 강물도 풍부히, 우리들 부민, 부府를 생각함이여, 진실 됨은 넘친다, 아아 대 경성. 새로운, 아침의 환희, 찬란한 태양의 떠오름이여, 우리들 부민, 고원한, 이상이 살아 숨쉬는, 아아 대 경성."

이것은 경성 부민에게 주어진 영광에 둘러싸인 행복, 한없는 환희, 간절한 기원을 노래한 부가府歌이다. 우리는 이 노래를 즐겨 부르며, 경성이 지닌 고유문화와 근대적 문명을 합하여 바야흐로 그레이트(Great) 경성의 건설에 힘 있는 행보를 전진시키고 있는 바이다.

지금 경성부의 연혁을 쓰자면, 먼 옛날 한漢의 대방군帶方郡에

속했으나, 백제의 건국에 이르러 북한주北漢州의 치하에 들어갔고, 백제가 남쪽으로 천도하자 고구려의 남평양이 되었으며, 신라 통일 후 신주新州라 칭해졌고 뒤에 다시 북한주로 개칭되었으나, 고려 말에는 한양부로 칭해지고 또 별궁을 두어 남경南京이라고도 칭해졌던 것이다. 이 사이 실로 1,400여 년에 달한다. 역사로 보건데, 이조 개국에 있어 궁궐을 지금의 경복궁에 지어 태조 3년 10월 개성에서 천도하여 한성부로 개칭, 이래 500여 년간 조선의 수도가 된 것이다. 흘러 태황제 32년(明治 28년)에 부윤을 두었다. 이리하여 1910년(明治 43) 합병 시, 한성부를 경성부로 개칭한 것이다.

종래 조선 측의 행정은 부내를 서방署坊 또는 부동部洞 등으로 구획하고 각각의 책임자를 두어 부윤의 지휘를 받아 부정을 보조하고, 내지인 측의 행정은 경성거류민단에서 취급하였으나, 1914년(大正 3) 부제府制의 시행에 의거하여 이들 2개 기관을 폐지하고 경성부윤 밑에 통일시키게 되었고, 이어 1920년(大正 9) 부제의 개정에 의해 민선 협의회를 설치하여 부의 자문기관으로 하였으며 지난 1931년(昭和 6) 4월 조선지방제도 개정에 의해 부협의회를 부회로 고쳐 이를 의결기관으로 한 것이다. 따로 민단 폐지 시, 내지인 교육단체로서 분립한 학교조합은 의결기관으로서 학교조합회를 조직했고, 조선인 교육을 위해 조선인으로 조직한 학교비는 학교평의회를 두어 모두 부윤의 관할로 속하게 했었으나,

작년 지방제도 개정과 동시에 학교조합 및 학교비를 폐지하여 부에 합체시켜, 내지인 부회의원으로 조직하는 제1교육부회는 내지인 교육을, 조선인 의원으로 조직하는 제2교육부회는 조선인 교육을 관장하게 하여 모두 부의 특별경제 자치기관으로 삼았던 것이다. 따라서 조선에 있어서의 도시 행정기관은 내지의 도시와는 다소 다른 점이 있다. 즉 내지의 시는 시정촌市町村제에 의한 순수한 자치행정기관이지만, 조선의 부는 관제官制에 의한 부와 부제府制에 의한 부의 합동 행정기관으로 관청임과 동시에 자치단체로서, 내지의 시장에 상응하는 자는 부윤이나 부윤은 관리임과 동시에 자치단체인 부의 대표자라 그 부윤 밑에 이사관기사촉理事官技師囑 등의 관리와 부 주사, 부 기사, 부서기 등의 부 관리 등이 있어 관리는 관청의 사무도 집행하고 단체의 사무도 보는 조직으로 되어 있다.

전술한 바와 같이 시대의 진전, 민도의 향상에 비추어 새로운 제도가 실시되어 결의기관인 부회가 놓이기는 했으나, 부회의 의장은 관리인 부윤이 담당하게 되어 있어 내지의 시회와는 전혀 다른 점에 조선 지방제도의 특색을 나타내고 있다.

생각하건대 경성의 역사는 그 자체가 조선역사의 축도이자 대강이다. 요컨대 경성의 역사를 앎으로써 조선 역사의 진수는 명확히 파악되어 그 과거 및 장래를 논할 수 있는 것이다. 영구히 흘러 멈추지 않는 한강의 물줄기도 풍요로이 한없이 전진하는 경성의 역사적 흥취는 이곳을 찾아드는 사람들에게 여러 가지 좋은 자료를 제재로서 제공할 것이다.

—『朝鮮公論』 第20巻6号, 1932.6

경성의
알려지지 않은 얼굴

●

류오 야마도(龍王山人)

1. 중국 목욕탕

피로의 회복에는 무엇보다도 잠이 가장 좋다. 빠른 회복에는 목욕도 나쁘지 않다.

양쪽을 겸비하고 있는 것이 중국 목욕탕이다. 향락, 오락에 있어 가장 진보되어 있는 것은 역시 5천년의 문명사를 보유한 중화민국일 것이다. 아편을 즐기는 것도 이 민족뿐이다.

중국이나 만주에 가면 분지盆池라 불리는 공중목욕탕이 있다. 분盆은 이른바 가족탕으로 '함께 들어가기'에는 가장 좋다. 지池는 공동탕이다. 경성에서는 전자는 허가하지 않는 것인지 타산이 맞지 않는 것인지, 하세가와초(무덕회도장의 뒤)에 있는 것은 중화당지中華塘池라 하여 지만으로 위층이 15전, 아래층이 10전, 어느

쪽이나 등밀이는 5전이며 욕조는 콘크리트로 열·온 2개가 있고 4평 정도 될 것이다.

수건, 비누, 이를 닦는 소금, 세탁세제까지 준비되어 있어 맨손으로 가도 된다. 귀청소와 안마를 곁들인 이발도 싸게 할 수 있으며, 따뜻한 차와 수건을 준비해 준다. 요리는 주문받는 대로 배달해 준다. 전화도 놓여 있으므로 안심하고 쉴 수 있다.

여름에는 시원한 바람을 쐬며 겨울에는 난로 옆에서 모포 위에 누워 독서를 하는 동안에 최상의 편안함을 누릴 수 있다.

몇 번 입욕하여도 상관없고, 등밀이는 놀랄 만큼 많은 때가 나온다.

아침 7시부터 밤 10시까지 열려 있고 50전 동전 하나로 배불리 먹고 완전한 휴식이 가능한 것은 틀림없이 넓은 경성이라도 여기밖에 없을 것이다.

2. 주막

근대 도시의 총아는 카페이나 돈이 너무 든다. 에로 헌터가 아닌 바카스파酒黨에 속하는 젊은이들은 최근 서서히 늘어난 냄비요리가게보다도 값싸게 빨리 도취경에 달할 수 있는 주막에 모인다.

밤새 영업하면서 고작 5전으로 사발에 막걸리와 맛있는 안주가 붙어 있다. 서대문 밖에는 숭어안주를 제공하는 가게도 있다.

삼각지부터 연병장에 이르는 언덕길에서는 10전으로 막걸리를 세 잔이나 마실 수 있다.

굳이 강조할 정도는 아니지만, 막걸리는 요구르트와 같은 작용을 한다고 하며 일본 청주 정도의 풍미는 물론 없으나 그렇게 나쁘지만은 않다. 필자는 매일 아침에 입욕 후 돌아오는 길에 한잔 마시는 것이 습관화되어 있다.

신 맛이 싫은 사람은 약주를 마시면 된다. 그 단맛은 적당하다.

남대문 거리의 남일옥南一屋을 비롯하여 필자는 자주 들른다. 한 번 그 맛을 알면 카페 따위와는 비교할 수도 없게 된다.

팁을 노리고 부리는 교태, 억지 애교 혹은 자기 마음대로 손님을 색골이라 보고는 손님의 돈으로 마음껏 마시고 즐기려는 천녀賤女들에게는 진저리가 난다.

아니 카페는 이제 몰락하고 있다. 당연하다. 비상시, 홍등녹주紅燈綠酒는 사양함이 좋다.

조선 여관

사람에게는 세 가지 낙이 있어, 제왕으로부터 거지에 이르기까지 이것은 향락할 수 있다.

숙면 후와 입욕 후의 상쾌함과 ○○의 쾌락이 바로 그것이다.

숙면과 휴식을 위해서는 한적하고 청결한 장소일수록 좋다. 조선호텔이나 천진루비전야(天)의 편안함은 말할 것도 없다.

그러나 돈이 든다.

사람은 비교적 유연성이 있다. 익숙해지면 나무 밑이나 돌 위는 물론 결빙 위에서도 꿈을 꾸며 숙면을 취할 수 있게 된다.

겨울은 온돌이 있는 조선 여관이 최고다. 빈대도 없고 싸고 편안하다. 그렇지만 이는 보장 할 수 없다. 이 기분 나쁜 소 동물을 다 잡는 것은 어렵지만 한천에 드러내면 알까지 동사함으로 겁낼 필요는 없다.

1박에 10전부터 있다. 종로에는 전화도 갖추어진 꽤 괜찮은 것도 있고, 숙박료만 1원이나 받지만 여하튼 싸다.

설렁탕, 대구탕

소머리를 탕으로 하는 점은 조금 그렇지만 조선 밥이라 할 만한 설렁탕, 대구탕, 장국밥 맛을 한번 알게 되면 가령 카페에 비해 무척 더럽지만 절대 잊지 못할 정도이고 특히 숙취에 좋다.

김치를 반찬으로 낸다.

종로를 비롯하여 부내 어디든 있다.

―『朝鮮公論』第22巻2号, 1934.2

건축 양식의 변천

국수주의적 건축의 발흥

이시모토 기쿠지(石本喜久治)

문학이나 미술에 여러 유파나 경향이 있어 언제나 변천하듯이 건축에도 여러 유파가 있고 경향이 있어 예로부터 다수의 변천을 보여 왔다.

건축 양식의 변천은 다양한 사회적 원인에 기인한 것이나 일개 예술로서의 건축이 융성했던 어느 지나간 시대에는 건축 양식이 지배적인 위치에 있어 다른 예술에 영향을 미친 시대도 있었다. 허나 근대에 있어 대부분의 경우 예술의 새로운 양식은 제일 먼저 문학에 나타나고 다음으로 회화 조각에 이어지고 그 다음으로 건축에 영향을 미치는 식으로 되어 있다.

따라서 건축 양식의 변천에 대해 세계대전 이후의 것을 말해 보겠다.

세계대전이 끝났을 때는 유럽 전역에 걸쳐 당시까지 쌓아올렸던 문화가 모든 방면에 걸쳐 전화로 인해 파괴되었다. 인간 자신의 사망과 부상도 엄청났고, 말하자면 세계가 황량한 광야로 변했다. 그 폐허 속에서 가장 먼저 싹튼 예술상의 양식이 표현주의로 희곡, 연극, 회화에서 가장 화려한 활약을 보였으나 건축 방면에도 꽤 많은 영향을 받았다. 특히 독일이나 이탈리아에 있어서는 이 파가 건축계를 풍미했다. 이 파의 특색은 파괴의 흔적으로부터 생겨난 만큼 종래의 전통과는 완전히 동떨어진 기발함과 주변의 황폐에 대한 반동으로 화려한 로맨티시즘, 실용성을 무시할 정도의 극단적인 작가의 주관존중 등일 것이다.

이 특색으로부터 종래 대체로 사각형이었던 형식이 삼각이나 원이 되거나, 화려하고 아름다운 색을 곱게 칠하거나, 묘한 창문을 붙이거나, 어쨌든 모든 부분의 수법이 극히 첨예한 것이었기 때문에 말하자면 전에도 앞으로도 없을 흥미로운 것이 되었다. 이 파 건축의 실제예로서 유명한 것은 베를린 교외의 포츠담에 있는 멘델존 작의 아인슈타인탑, 푈치히 작의 베를린 대극장 등이다. 혹은 마그데브르크시의 건축기사였던 브루노 타우트가 마그데브르크 전 시가지를 표현파 도시로 만들려고 기획하여 큰 물의를 일으켰던 적도 있다.

표현파 건축은 세계대전 후 수년간 융성하였으나 원래 실용성을 존중해야 하는 건축을 너무 로맨틱하게 다루어 변태적으로 되었기 때문에 얼마안가 완전히 쇠잔해 버렸다.

표현파 건축이 일본에 전해진 것은 바로 대지진 때였다. 무라야마 도모요시村山知義 씨가 독일에서 보고 귀국하여 우리 전문가가 보기에는 건축이 아닌, 일종의 그림이라고 하고 싶은 집을 짓기도 했다. 게다가 그때는 대지진 후라 정식 건축은 좀체 못 짓고 다들 바라크였는데, 바라크로는 어떻게 해도 시원치 않은 곳에 왕성하게 표현파의 수법이 응용된 셈이다.

표현파가 쇠퇴한 후에 발흥한 양식은 표현주의의 로맨티시즘 주관성에 대한 반동으로서 자연합리주의 내지는 기능주의라고 할 수 있는 유파이다. 이것은 건축이 지닌 본래의 목적을 생각하여 그 목적에 가능한 합치될 수 있도록 합리적이고 과학적인 구조로 만들어 실용성을 다분히 지니고 있다.

이 유파의 특색은 앞서 말한 기조와 같이 자연스럽고 명랑하며 건강하고 경제적이라는 면을 들 수 있다. 이 파의 건축에 대해 르 코르뷔지에라는 건축가는 '집은 살기 위한 기계이다'라고 말했는데, 이 말에서도 이 파가 목적으로 하는 바를 잘 알 수 있다.

이 합리주의, 기능주의 건축은 거의 전 세계를 휩쓸어 드디어 인터내셔널파라고 할 수 있게 되었다. 그리고 명랑성, 합리주의, 경제적이라는 특색은 점점 더 철저해져 갔다. 일본에서도 최근 수년간은 이 파가 전성기였다. 여러분도 짐작하겠지만, 창문을 많이 하고 전체를 희게 칠했다. 한 눈에 보기에도 밝고 개방적인 최근의 건물들, 예를 들면 도쿄 긴자에 있는 메이지제과 다방이 그런 것이다.

스키야바시數寄屋橋에 있는 도쿄아사히신문, 니혼바시日本橋의 시로키야白木屋 본점, 이들은 내가 건축한 것인데 역시 인터내셔널파의 것이다.

도쿄역 앞의 마루빌딩丸ビル, 이밖에 그런 류의 빌딩건축 표현파 등은 대부분 반대의 공업적 실용성이 중요시된 것이겠지만, 양식으로 말하자면 그 목적을 위해 각파에서 자기에게 필요한 것만을 도입한 절충주의이다. 이를 속악하고 저급하다고 너무 나쁘게 말하는 사람도 있으나 나 같은 경우는 반드시 그렇게 생각하지는 않는다. 깔끔하고 상당히 좋은 것으로 생각하고 있다.

인터내셔널파의 건축은 상당히 융성했으나, 독일이 파쇼의 천하가 되고 나서. 세계적으로 유명한 건축가의 전당 바우하우스가 탄압을 받아 거장들이 영국 등 국외로 쫓기기 시작하였고 각국에서 파쇼 세력으로 인해 인터내셔널리즘이 압박받아 쇠퇴하기 시작하고 대신하여 국수주의 건축이 발흥하고 있다. 일본도 이미 그 경향에 있어 다실의 연구, 그 수법의 응용 등이 이루어지고 있다.

건축가도 사상적 시류에 초연할 수는 없는 법이라, 외국 건축가와 교류하거나 외국의 건축을 소개 도입하거나 하면 우리들도 저놈 비非국민이라고 불릴 때조차 있다. 하지만 나는 공평한 입장에서 말하자면 건축도 장래 더욱더 인터내셔널리즘이 되는 것이 사실 아닐까 싶다.

—『朝鮮公論』第23卷3号, 1935.3

동양의 수경(水景)

홍콩과 대동강의 추억

●

이치노헤 요시로(一戶義良)

세계에서 물의 경치로 알려진 명승지는 많다. 알프스 산중의 주네브 호수는 두말할 것도 없고 이탈리아의 나폴리, 베니스, 제노바, 리비에라 해안의 모나코, 몬테카를로, 니스, 칸, 프랑스, 스페인, 영국의 연안 모두 물 풍경으로 알려져 있다. 독일에는 라인 계곡, 네덜란드는 원래가 수향水鄕, 스웨덴부터 노르웨이의 피오르드, 또한 러시아의 볼가 강, 미국에도 이에 뒤지지 않는 물의 절경은 여러 곳에서 볼 수가 있을 것이다. 일본의 물이 맑고 아름다움은 새삼스레 말할 것도 없어 여름이 되면 여기저기 일찍이 가보았던 수경을 떠올리게 된다. 그중에서도 잊기 힘든 것은 내지는 별도로 하고, 조선의 대동강변과 홍콩의 피크에서 내려다본 항구의 경치, 그리고 이스탄불의 보스포루스 해협 등이고, 게다가 이집트의 아스완, 담, 함부르크 작은 호수의 뱃놀이 등은 보통

이 아니라는 의미에서 언제나 내 여행취미를 돋우는 것이다. 그 중에서 지금은 대동강과 홍콩의 느낌을 적어 보도록 하겠다.

*　　　　*　　　　*

평양역에 도착한 것은 동튼 직후였다. 호텔에서 가벼운 식사로 피로를 풀고 바로 인력거를 불러 대동강변에서 웅장한 대동문을 우러러보고, 거기서 강을 따라 가까이 가면 반월당 누각을 푸른 강물 저 멀리로 바라보고는 천상에서 수목이 울창하게 우거진 절벽 밑을 달려 벽산 계곡으로 나가 거기서부터 올라가면 을밀대 부벽루 오마키お牧 찻집의 주변, 이미 푸른 옷을 스쳐 사막벌판에서 있는 평양 밖이라고는 생각지 못할 별천지이다. 머리 숙여 거친 강물을 보고 우러러 나무 사이로 보이는 누문을 보며 자동차를 놓고 현무문에서 모란대의 가파른 언덕을 올라간다.

생각하기에 내가 보기에는 경치가 웅장하면서 복잡하고, 장려하면서 온아하며 더욱이 모든 것이 대륙적이라는 점에서 동양의 풍물 중 대동강변에 비길 곳은 없을 것이다. 참으로 반도 조선 경치의 속살은 금강산이 아니라 여기라고 말해도 좋으리라 생각한다. 더욱이 그 전망은 모란대 위에서 극에 달한다. 그 위의 최고지점, 주루문 주변 기둥에 기대어 먼저 동남쪽을 바라보면 멀리 보이는 전부 드넓은 평야가 펼쳐지고, 저 멀리 은은하고 담담하게 강 상류의 산지가 노을에 사라진다. 가까이는 강을 끼고 왼

편에 비행 제6연대의 대규모 비행장이 있고, 오른편은 을밀대 그 외의 고지 수목림에 가로막히며 평양부 시가지의 빛남이 이어진다. 그리고 그 사이에 대동강 물은 흘러 모란대 밑에 능라도의 모래를 끼고 거기에 초록과 파랑으로 얽힌 비단이 주변 일대에 펼쳐진다. 물은 거기서부터 남쪽을 향해 바다처럼 펼쳐지며, 완만하고 가득히 멀리 대동의 철교에서 공업지대의 연기 너머로 흘러 사라진다. 이것을 수백 미터의 고지로부터 청풍을 맞으며 신록의 색채 속에서 내려다본 느낌은 참으로 비길 데가 없다. 모란대 위에서는 또한 저 멀리 동쪽, 북쪽으로 낮게 기복한 산지가 강물과 어울려 하늘도 땅도 나도 사람도 전부 파랗게 물들 것처럼 느껴진다. '영명永明 산하 장강이 흐른다. 배로 찾아본 부벽루, 바람피리 드높고 날 저물지 않길 바란다. 연기처럼 정처 없이 떠돌아 사람 그리움에 젖는다.'라는 옛 시는 가능한 모든 형용을 다 하고 있다. 모란대를 내려와서 기묘箕廟에서 조선 건국 3천년의 옛날을 그리워한다. 더욱이 청류 벽 밑에서 기생을 태우고 배를 띄우는 것도 하나의 재미일 것이다.

원체 이것은 단순히 자연의 풍경으로서 본 대동강이지만, 그곳은 또한 역사상 긴 조선의 과거를 이야기할 뿐만 아니라 청일전쟁 시에는 우선 이 지점을 점령함이 승패의 갈림길이 되었고, 지금은 군사상, 사업상, 경성보다도 훨씬 중요한 지위를 차지하고 있다. 실로 반도의 심장은 평양이며 대동강변이라 할 법하며, 모란대에서 내려다봄은 그야말로 극동의 자연미와 인문관계를 파악하는 것이라 해도 좋을 것이다.

*　　　　*　　　　*

하지만 동양의 현 상황에 관심을 두는 한, 홍콩이야말로 우리 관심의 대상이 아닐 수 없다. 영국령이 된 이래 백여 년, 보잘 것 없는 하나의 섬에 불과하고 풀 한 포기 자라지 않는 암초였던 곳은 강인한 불굴의 영국인의 노력과 중국 쿠리에 대한 착취로 인해 사실상 동양제일의 '낙원'으로 만들어졌다.

남화南畵에서 보는 기묘한 대소의 암각이 기복한 파도 사이를 가르며 홍콩 항에 들어서면 열대적인 밝은 네온을 줄지은 샤워에 배도 사람도 일단 좋은 기분에 젖게 된다. 작은 배로 해안에 접근하면 아케이드를 나란히 놓은 몇 층의 서점이 그림자를 물에 비치며 계속 산을 둘러싼다. 에로틱한 빨간 입술을 늘어뜨린 공원의 꽃과 그 밑에서 재잘재잘 담소하는 흰옷 차림의 남녀를 본다. 공원 정서도 그렇지만 서산黍山에 일본 소나무를 이식하여 우거지게 만들었다는 앞산의 푸른 정취를 돌아보며 홍콩 그 자체라고 말해도 좋다. 섬 전체를 차지하는 피라미드형으로 만든 피크 위로 빙글빙글 돌며 오르는 정취는 더할 나위 없이 좋다. 당장이라도 거울 같은 항만 물의 반사를 바라본다 싶더니 금세 홍콩대학의 황홀한 계곡을 달려 순식간에 양양한 태평양의 남빛 푸름이

펼쳐지며 눈앞에 다가선다. 거기서부터 불어오는 바람에 밀려 피크 정상에 서면 선경 외의 천상선天上仙, 후지, 알프스, 로키 등 산 정상의 장대함에 부족함이 없겠지만, 그러나 파도에 비치는 한 가닥 비단의 산정에 서서 서쪽 저 멀리 중국대륙의 원산만리 혹은 희게 또는 갈색으로 연기인가 꿈인가 마치 장자의 한 구절을 방불케 하며, 남에서 동으로 걸쳐 미국으로 이어지나 남양에 이어지나 끝없는 태평양의 파도, 밀려왔다 쓸려가고 쓸려가 바위를 때리는 모습을 발아래 둔 그 기분은 '천길 우뚝 선 바위에 옷 먼지를 떨어내고 발은 만리 강 흐름에 헹군다.'라고 큰소리치지 않고는 있을 수 없다. 항구를 바라다보면 마치 작은 거울같이 포근히 안기어 희미하게 은색으로 빛나 그곳에 우리를 태우고 온 만톤의 거선도 그 밖의 배도 나무의 잎사귀인 양 흩어져 떠 있다.

여하간 일본을 알려면 적어도 조선에서 놀아보고 대동강변의 모란대 위에 서봐야 할 것이다. 더욱이 동양의 형세에 접하려면 홍콩 항구 위의 피크 절정에 올라봐야 할 것이다.

—『朝鮮公論』 第23巻8号, 1935.8

일본은 동양의 항공권을 파악하라

●

아마시나 긴토(山科銀濤)

이탈리아와 이집트의 위급한 정세

세계대전은 유럽에서 소국의 국토 침해가 그 원인이 되어 확대되었다.

현재 또한 이탈리아와 이집트 양국은 풍운의 일촉즉발로 극히 우려되는 침묵이 지속되고 있다.

바람일까 비일까, 열국列國의 관심은 동아시아의 일각에 주목되어 있다. 이를 2, 3년 전의 열국 사정과 비교해 보면 조용히 그리고 주의 깊게 정국은 돌아가고 있다.

2, 3년 전 일본이 만주국을 건국함에 따라 세계평화의 기초연하는 국제연맹을 탈퇴하는 통쾌하고 단호한 안을 내어 일본 인식을 심각하게 하였고 열국의 관심을 일본에 집중시킨 감이 있

었다.

그와 함께 신흥 만주국에 대한 감시도 열국은 게을리 하지 않았다.

중국으로 모이는 포식자들

특히 영국, 미국, 프랑스, 이탈리아 4개국은 그 이해관계의 명분을 내세워 일본 세력의 중국 진출을 극도로 우려했다.

영국은 중국에 대한 이권 보호를 위해 교묘하게 외교관이 암약하였고, 미국은 표면적으로는 인도주의를 설파하는 선교사로 하여금 정보정책을 펼침으로써 자기세력의 축소를 경계했다.

프랑스는 열국 세력이 아직 모르는 권익에 대한 대폭적인 차관을 실현시키기 위해 프랑스 일류의 담소식 제휴를 펼침으로써 그 기묘한 책략으로 열국의 빈틈을 헤집고 들어가려는 면이 있었다.

게다가 이탈리아는 눈앞의 이익을 독점할 계획으로 현대 중국에 필요한 과학무기를 어떠한 형식으로든 보급할 의사까지 있을 정도였다. 이와 같이 늙은 중국 위로 고조되고 있는 열국의 태도는 모두가 마지막에 무언가를 얻으려고 하는 포식자의 태도이며, 또한 장래에 중국을 중심으로 동양에 커다란 파란이 숨겨져 있는 것과 같은 형세가 된 것이다.

개수일촉(鎧袖一觸)의 느낌

그러나 일본의 국제연합 탈퇴는 개수일촉이 되어 열국은 그저 멍한 상태였고, 탈퇴 후의 국책은 유감없이 수행되어 온몸으로 옹호하는 만주제국도 벌써 대동大同 3년이 되었고 즉 건국 3주년의 세월이 흐른 것이다. 북으로 러시아, 서로는 중국, 만주국의 내치는 아직 완전하지 않은 데에 더해 중국 및 러시아의 국경에서 분쟁이 그치지 않고, 일부 돼먹지 못한 역적이 러시아 공산군과 연락하여 만주국 내의 소란을 목적으로 행동하는 등, 만주국도 조용할 날이 없는 형편이다. 이탈리아와 이집트의 앞날이 태풍전야와 같이 열국의 주의를 끌 때, 미국은 태평양에 공군의 발판을 굳히고 항공진영의 거점을 구축하려고 국론의 통일을 도모하여 앞서 태평양을 공군의 연습범위로 지정하였다고 전해진다.

태평양시대 도래

태평양시대는 왔다.

대서양에서 유럽인의 쟁탈전은 대서양 주변국들의 흥망성쇠, 파란과 곡절의 역사와 함께 과거의 꿈이 되어 버려 서양 문명의 자궤自潰작용과 함께 동양 문화, 그리고 현대 전쟁의 대 진영은 육상에 있지 않고 공중 공간으로 옮아가 공중 전투력의 강대함이 승리를 얻게 된다는 결론에 도달하여 전쟁 준비는 곧 항공기의 진용을 가리키기에 이르렀다.

일본은 그 동태를 유럽 전란에서 탐구하였고, 나아가 만주국 건국에 의해 체험한 것이다.

평화 시의 교통, 경제나 공중망의 여하에 따라 국부·국력의 충실 여부를 알 수 있다는 무시할 수 없는 사실에 열국의 관심이 집중되어 태평양의 항로는 열국 기선회사의 스피드 경쟁 장으로 변하였고, 게다가 항공 결승의 흥미로운 채점이 바로 행해지려는 상황에 이르렀다.

미 공군의 태평양 근거지

루즈벨트 대통령은 대통령령으로 서경 160도 서쪽의 알류산 열도 기타 도서 상공에서의 비非 군사비행을 금지하였으나, 권위 있는 정보로는 위는 12일 대통령이 서명한 6대 공군 근거지 증설안과 함께 태평양의 속령 도서에 일련의 중대한 공군 근거지를 건설하는 첫걸음이라 이해하고 있다. 이에 대해 해군 당국에서는 공식적인 언급은 피하고 있으나 워싱턴 조약의 실효에 대비한 태평양제도의 방위강화 조치임은 의심할 여지없는 사실로 여겨지며, 최근 알류산 열도 방면으로의 탐험비행 및 측량 등이 빈번히 이루어지고 있다는 사실을 상기하여 차후 알류산 열도의 해군 시설은 주목할 만하다. 더욱이 해군방면에서는 개인적 의

견으로 미국이 필리핀제도를 포기할 시에는 괌에 함대 근거지를 설치할지도 모르나, 이 섬은 방어하기 쉬우며 훌륭한 천연 항만이 있기 때문이라 설명하고 있다.

동양에 육박하는 항공로

동양의 맹주를 자임하며 동양 평화가 일거수일투족에 의해 새겨지는 일본의 입장으로서 일본은 동양 항공권을 파악해야 한다.

이는 그야말로 일본의 장래를 안전하게 하며 또한 동양 평화를 타국의 침해로부터 막을 수 있는 방어벽이다. 동양을 향하여 육박해 오는 항공로로 유럽에서 남하하여 인도, 중국 남부를 경유하는 상하이선은 즉시 실현되려 하고 있고, 또한 유럽과 러시아에서 북쪽 평야로 향하는 항로는 바로 상하이를 향하여 남하하려는 상황이다.

중국 국내에 있어서도 각 주요도시 간에는 각국의 지원 하에 정기 항공선이 완비되어 있는데, 일본 항공로의 해외진출 선은 단지 조선을 경유하여 다롄에서 연결되는 만주선이 있을 뿐으로 타이완, 홋카이도, 사할린 선조차도 완비되어 있지 못함은 실로 유감스런 이야기이다. 현대 일본의 항공 사업이 경제적 채산성에만 치우쳐 국책 군사의 큰 그림을 그릇치고 있다는 느낌이 드는 것은 바로잡아야 할 일이 아니겠는가.

조선 항공계의 열세

특히 조선에서 항공사업의 과거, 현재, 미래를 고려한다면 그러한 그릇된 편견을 지탄하지 않을 수 없다. 일본공수의 간선항로는 일단 묻지 않는다 해도 즉 과거에 반도 민간, 항공 공로자의 항공 사업에 대해서는 극히 냉담한 조치를 취하고 거의 추방과 같은 태도로 만주국으로 이동시켜 현재 시종 한 개인을 항공 지정인처럼 취급하여 반도 항공노선의 개발시험을 시키고 있으나 이것은 어떠한 방침에 기본하고 있는 것인지. 조선에는 많은 비행사가 있고, 또 그 소지한 항공기도 적지 않은데, 이를 무시하고 한 개인에게 특권을 부여하는 것은 단지 반도 항공사업의 발전을 저해할 뿐만 아니라 항공 국책상의 큰 방침인 국내 민간항공사업의 개발지원과는 거리가 먼 일이라 말해진다.

—『朝鮮公論』 第23巻9号, 1935.9

고층 건축물의 매력

히가시야마 간센(東山甘泉)

대도시의 감각

대도시의 감각과 상징은 고층 건축물에 있다. 구름을 찌르는 고층 건물로는 예전에는 아사쿠사浅草의 료운각凌雲閣이 대표적이었다.

하지만 이것도 메이지부터 다이쇼 말기에 걸쳐 호기심을 불러일으키는 유희적 구경에 지나지 않았다.

그런데 시대는 급변하였다. 도시를 고층 건축물로써 형성하게 되며 그 창문, 창문의 빛에서 도회지의 숨결을 느끼고, 고층의 첨단에 현대문화의 박력이 있으며 건축양식 위에서 고안된 디자인에 극도로 현대인을 매료시키는 새로운 감각이 있다.

그리고 고층 건축물이 실용화, 경제화, 자본화되어 가는 점에서 시대의 격변이 현대 인류생활의 문제를 조용히 알려주고 있다.

이색 특색 자랑스럽게

대大 도쿄의 고층 건축물, 대 오사카의 고층 건물들, 그 외 전국 각 도시에 반드시 고층 건축물이 각기 이색 특색을 뽐내며, 더욱이 그 도시마다 대단한 위력으로 다가오고 있다.

경성도 마찬가지이다. 전면적 산업진영의 강화로 발전한 대 경성은 점점 옆으로 위아래로 급격히 팽창력을 사방으로 확충하였다. 그리고 중앙거리에 있어서는 사방으로 넓어지는 힘이 공중으로 성장하였다. 작년만 해도 조선저축은행, 카네보鐘紡 서비스, 야스다安田은행, 중앙전화국, 경성부민관, 와카쿠사若草극장, 경성세무서, 경찰박물관 등이 완성되었고, 게다가 올해 들어 체신회관, 조선신탁, 노구치野口 빌딩, 메이지생명 빌딩 등이 새롭게 그 당당한 모습을 뽐내려고 하고 있다.

문화의 진전은 옆으로도 필요하지만, 큰 흥미와 매력을 가지고 근대인에게 접해 오는 것으로 공중으로 뻗어가는 고층 건축물의 위대함이 있으며, 지하로 잠입해서는 지하 오락장이 있고 또한 지하철이라는 경지가 있다.

감각문명의 선

이렇게 반도의 수도 경성의 거리에도 드디어 고대 아리랑조의 지방색을 벗고, 덮쳐오는 문화문명의 파동에 따라 약동하는 근대 감각문명의 선상에 들어갔다는 느낌이 든다. 작년의 건축으로는 뭐니 뭐니 해도 경성부 부민관이 행인을 매료시키는 건축 상의 문제는 우선 생략하더라도, 외관이 신선한 점, 내용이 실용적으로 근대인을 파악하는 포용력이 있는 점은 확실히 경성에 있어 이러한 건물의 선구이다.

다음에 나타날 고층 건축물의 경연 시대에는 어떤 것이 나타날까, 근대인의 감각은 바로 다음으로 옮아간다. 이 움직임을 파악하는 데에 건축기사 디자인의 좋고 나쁨이 나타난다.

고층의 창에 우는 추억

유선형 자동차, 사교실, 음식관, 여성의 담배, 순간이라도 좋다. 호화로운 자본에 도취하는 것은 근대인의 백주몽이다. 당연하다. 고층의 창문에서 추억에 우는 젊은 처녀도 있으리. 이것이 근대의 모습이 아니면 무엇이겠는가.

—『朝鮮公論』 第24巻1号, 1936.1

세계적 명승지
금강산을 말하다

오카모토 게이지로(岡本桂次郎)
금강산 전기철도회사 사장

아시는 바와 같이 금강산은 예로부터 일만 이천 봉과 아주 드문 다수의 기봉준령으로 이뤄졌으며, 이들이 함께 어우러져 조형된 산악과 계곡의 아름다움은 곳곳에 변화의 묘미를 자랑하고, 그 규모하며 자태로 말하자면 호탕하고 장엄하여 그 신비로움은 천하에 비할 것이 없습니다.

눈을 내지의 경승지로 돌리면, 우수한 것은 국립공원으로 편입되고 교통로도 점점 신설하고 정비되어 지금은 멋진 '드라이브 길'이 종횡으로 뻗어 있습니다.

그런데 이러한 국립공원을 훨씬 능가하는 명승지인 금강산은 어떤가 하면, 그 명성이 점차 높아짐과 동시에 찾는 손님도 해마다 증가하여 근래에는 외국인 관광객도 상당수 늘어나고 있음에도 불구하고, 탐방도로도 완비되어 있지 않고 관광 설비조차 설치되지 않은 상태입니다.

어쩔 수 없이 작년에 금강산 협회라는 것을 창설하여 회사, 은행 또는 유지들의 기부를 경비로 하여 가설 응급시설을 취하고 있지만, 워낙에 동서남북 7평방 리나 되는 산성이라 도저히 이처럼 빈약한 협회의 힘으로 커버할 수 있는 것이 아닙니다.

우가키宇垣 전 총독은 조선에서 세계에 자랑할 첫째가 금강산의 절경임을 늘 단언했지만, 그럼에도 불구하고 총독부는 관광설비나 탐방도로에 대해서는 거의 손을 대지 않고 있어 그 모순된 점에 대해서는 전에 말씀드린 적도 있었습니다.

우가키 총독은 퇴임 전에 대규모의 설비에 대해 일단락의 포부를 내보인 적이 있습니다. 그 때문인지 올해는 서둘러 수만 원의 조사비를 예산에 편입시켰다고 들었습니다. 과연 통과될지 안될지 모르겠습니다만 만약 그것이 실현된다면 가까운 장래에 대대적인 시설이 이뤄질 것으로 생각됩니다.

다만 유감인 것은 전철선이 겨우 117킬로미터의 단거리임에도 불구하고 4시간을 필요로 하므로 이는 시대의 추이에 맞춰 반드시 개량해야 한다고 생각합니다.

특히 오는 1940년(昭和 15) '올림픽' 개최에 맞춰 명승지를 찾아오는 외국인이 몰려올 경우 등은 이에 대한 수치심이 있는 것으로 반드시 '스피드 업'해서 2시간 정도로 단축시켜야 한다고 생각하지만 현재의 사철私鐵 경제로는 여하간 어려운 실정입니다.

—『朝鮮公論』第25巻4号, 1937.4

‖ 수필 ‖

여수(旅愁)

다나카 시즈오(田中静夫)

쿵쾅…… 마차는 한 번 흔들리더니 또 전처럼 조용히 펼쳐진 논밭 사이로 통하는 길가를 유유히 지나간다. 이 마차의 종점에서 증기선을 타고 목적지인 A마을까지 오늘밤 안에 도착할 예정인데 마부가 미덥지 못한 말을 한다. 이제부터 한 시간에 걸쳐 종점 S라는 곳에 도착하면 5시 가까이 된다. 증기선은 한 시간 간격으로 운행되며 대개 5시에는 마지막 배가 들어온다는 것이다. 그럼 어떻게든 마차가 그때까지 도착할지를 다그치자 느긋한 마부는 남의 일인 양 "배만 온다면야, 거기서 5분간 머무르니 괜찮을 거요."라니 배가 도착할지 확신이 없다. 이리저리 캐보니 아무래도 이 마부는 뱃사람과 사이가 나쁜 것 같다. 증기선이 생겨 A마을까지의 마차 코스가 쓸모없이 되고, 버스가 곧 생겨 마차 탈 일이 없어져버려 생계가 불안하게 되는 것이 기분을 영 나쁘게 하는 이유임을 알 수 있었다.

나는 문화에 쫓기는 자의 모습을 또 여기서 보지 않을 수 없었다. 하지만 이것은 문화 진전 상에 피할 수 없는 희생인 것이다. 스피드가 가장 중시되는 때에 아직까지 자동차가 다니지 않는 길이야말로 도대체 믿기지 않는다. 현실적으로 기계에 쫓기는 서글픈 사람의 모습을 보면 왜인지 가슴 속에서 치밀어 오르는 것이 있다. 하얀 시골길이 굽이굽이 이어지고 석양 노을 진 하늘에는 이른 밤기운이 깃들고…… 새떼들이 저쪽 숲 위를 날아갔다. 작은 창으로 보이는 만추의 풍경은 쓸쓸하고 어둡기조차 하다. 무거운 기분에 짓눌려 나는 좁은 마차 안에서 홀로 외로이 담배를 태운다. 한 사람의 손님과 한 사람의 마부 그리고 야윈 말이 가을 끝자락의 길가를 달리는 광경은 역시 외롭고 쓸쓸한 한 폭의 그림이다. 퉁명스럽게 대답하는 자를 어깨 너머로 보며, 그게 노인이 아닌 것에 일단 안심한다. 만약 그가 40을 막 넘긴 혈기왕성한 남자가 아니라 백발이 성성한 노인이었다면 나는 감상적인 눈물을 흘리지 않을 수 없었으리라. 낮은 언덕을 넘어 내려가다 마차는 정차하여 짐을 든 세 남자를 태웠다. 모두 조용하다. 떠돌이 상인 같았다. 그들도 나처럼 A마을로 갈지 몰라 도중에 말을 걸려고도 생각했으나, 너무 축 처져 있어 도저히 말할 기회를 찾지 못할 판이다. 황혼이 짙어져 붉고 누런 들판도 점차 어둠으로 덮여간다.

가로수를 지나자 길은 넓어지고 인가가 즐비한 A촌에 겨우 도착했다. "손님, 제때 도착했소."라며 마부는 무리해 기쁜 내색을 지으며 검게 탄 얼굴에 처음으로 미소를 지었다. "고맙소."라고 나는 예를 표하고 선착장으로 향했다. 상류를 거슬러 또 천천히 강변까지 마른 풀 사이의 작은 길을 지나니 작은 건물 한 채가 서 있다. 그 앞에 빨간 깃발이 저녁 바람에 펄럭이며 서 있다. 배가 이것을 보고 멈추는 것 같다. 마부는 이 빨간 깃발을 멀리서 보고 아직 배가 도착하지 않았음을 아는 것일 테다. 건물 안에는 이미 몇 사람이 기다리고 있다. 아까의 상인처럼 보이던 남자들도 왔다.

나는 십여 명의 배를 기다리는 사람들 가운데 스무 살 정도의 시골처녀를 발견했다. 비단 옷을 말쑥이 차려입고 건강해 보이는 붉고 귀여운 뺨을 한 젊은 처녀는 보자기를 껴들고 색 없는 나막신을 신고 있다. 손도 발도 그녀가 농사일을 하고 있었음을 말해준다. 일행은 없는 듯하다. 사람들은 각자 제 일에 정신이 팔려 이 처녀에 주목할 자도 없을 것 같다. 십분 정도 기다리자 배가 도착했다. 나는 처녀를 주목하며 배를 탔다. 거무스름한 증기선은 두 객실로 나뉘어 있고 양쪽으로 앉을 수 있게 되어 있다. 나는 배 후미에 가까운 방 한 구석에 웅크리고 앉았다. 사람들도 각자 생각대로 자리를 잡아갔다. 나중에 들어온 젊은 처녀는 마침 내 옆 빈자리에 조용히 앉았다. 백열등이 희미하게 배안을 비추고 있다. 파도를 일으키며 전진하는 기선의 진동이 시계 바늘처럼 일정한 간격을 유지하며 몸에 울려온다. 조심스레 훔쳐본 처녀의 기울어진 도톰한 뺨이 왠지 슬픈 기색을 자아낸다. 창밖은 어두워졌고 가끔 삐걱거리는 소리가 가까이 또 멀리 들린다.

나는 담배를 피우며 침묵하고 있는 승객들을 휘 둘러본다. 이 지방이 풍족하지 않음이 사람들의 얼굴에서도 느껴진다. 수해로 입은 심한 타격은 안 그래도 불경기인 농촌의 불행을 배가시켰으리라.

이 농촌의 소박한 처녀는 뭐 하러 도시에 가는 걸까? 나는 아까부터 그것으로 머릿속이 복잡하다. 이런저런 비극적, 소설적 상상을 하거나 뭔가 로맨틱한 상상을 해보기도 한다. 도중에 두세 곳에 정박하여 사람들이 오르내렸다. 사람이 처음의 반이 되어 내 방에는 처녀와 나 둘만 남았다.

"어디까지 가시오?"

용기를 내어 물어 보았다. 처녀는 살짝 얼굴을 들어 내 쪽을 바라보았다. 그리고 잠시 후에 "도쿄"라고 답했다. 도쿄에! 아아 이 처녀도 가는구나, 농촌을 버리고. 저 악마의 소굴, 거짓과 부도덕의 도가니 속으로! 나를 갈기갈기 찢어버린 저주의 도시로! 나는 마음이 어두워졌다. 이 순진한 처녀를 구하고 싶었다. 하지만 처녀의 마음은 도시에 대한 동경으로 가득 차 있다. "오빠가 도쿄에서 일하고 있어요."라는 한마디에 아무 계획 없이 뛰쳐나와 목적 없이 가는 것이 아님을 알고 얼마간 나는 안심했다. 그렇지만 처녀를 보내고 싶지는 않았다. 얼마 후면 이 처녀와 영원히 헤어지는 것이라는 생각이 드니 상심한 마음이 한층 더 쓸쓸해진다.

—『朝鮮公論』第25巻11号, 1937.11

‖ 수필 ‖

일본 건축의 특이성

●

나카야마 타다나오(中山忠直)

목조건물을 역학적인 방면에서 비교하면 서양식 목조는 일본식 목조와는 비교가 되지 않을 만큼 견고하다. 그런데 역학적으로 강한 서양 건축은 일본의 기후에서는 오히려 빨리 썩어 부득이 순일본적인 양식을 발달시킨 것이다. 그것은 일본의 여름 공기가 다습하여 무덥고 통풍이 나쁜 서양 목조는 곧바로 건축이 썩고 노후화되기 때문이다.

겨울철 방한 법으로는 벽을 두껍게 하고 창문을 닫는 것이 세계적으로 공통된 방법이나 여름철 방서 법은 이와는 다르다. 더위가 주로 태양열의 직사에만 기인하고 공기 중의 습기에 의하지 않을 때, 즉 공기가 건조한 곳에서는 태양 광선을 막기만 하면 시원해지는 것이다. 그 대표적인 예는 이집트이다. 이집트는 일본의 류큐琉球[3])와 동 위도에 위치한 남국으로 사막 사이에 자리해 공기가 매우 건조하고 태양 광선은 상상을 초월할 정도로 강렬하다. 무릇 공기가 건조할 때는 반드시 태양 광선이 강한 것으로, 이탈리아 같은 경우는 일본 센다이仙台 북쪽의 위도이면서도 일본과 비교되지 않을 정도로 밝다. 여하간 이와 같이 이집트에서는 태양 광선으로 북쪽 지방처럼 창문을 통해 채광할 필요가 없고, 창문은 오히려 태양광선이 들어와 쓸 때 없이 더우므로 더위를 피하기 위해 전혀 창이 없는 건축이 만들어진 것이다. 즉 집은 모두 창문이 없는 벽만으로 싸여 있으며 채광은 문을 통해 들어오는 반사광선만으로도 깊숙한 내부를 비추기에 충분한 것이다. 건물이 매우 크고 문에서 안쪽이 아주 먼 경우에는 그 방 지붕에 작은 구멍을 내거나 혹은 벽의 위쪽과 지붕이 만나는 부분에 작은 틈을 만드는 정도로 직사광선을 절대적으로 피하고 있는 것이다. 만주에서도 몽고에서도 여름이 되면 창문을 걸어 태양광선과 열풍이 들어오는 것을 방지한다. 이는 한여름에도 일본의 흙창고가 시원한 것과 같은 이치이다.

더운 날씨에는 창문을 열어 통풍을 잘 시키지 않으면 안 된다는 생각은 일본처럼 다습한 나라에서 발달한 사고방식으로 공기가 건조한 곳에서는 통풍이 없는 편이 오히려 열기를 막아 시원한 것이다.

---

3) 지금의 오키나와를 가리킴. 근대 이전 류큐라는 독립국이었음.

*　　　　　　　　*　　　　　　　　*

창문을 크게 하여 통풍을 좋게 하고 게다가 건물이 비교적 견고하기 위해서는 필연적으로 나무로 지을 수밖에 없다. 일본이 지진이 많은 나라이기에 나무로 지었다든가 조선 남부南鮮에서 건너온 이주민의 전통적 취향에 따른 것이라고 보는 견지는 피상적이다.

일본은 나라 시대나 헤이안 시대에 당의 제도를 모방하여 오늘날 외국 숭배 이상의 중국 모방 시대를 실현하고 건축 양식도 도시 구조도 완전히 중국식으로 고쳤었으나, 중국풍의 건축은 일본에 적합하지 않았기 때문에 자연도태의 결과로서 순일본적인 가마쿠라 시대의 양식이 오늘날까지 남게 된 것이다. 이 순 일본 건축은 서양 건축에 비하면 완전히 여름의 집이나, 겐코兼好 법사가 "집을 만들 때는 여름을 위주로 할 것이며 겨울은 어떻게든 견디는 법"이라고 말한 것을 보아도 일본의 건축에 있어 통풍문제는 예로부터 중요한 문제였음을 알 수 있다. 겐코 법사는 가마쿠라 시대의 사람이지만, 이 시대에 이러한 말은 중국 건축을 직역함에 반동한 일본 건축 자각 시대의 말로서 크게 저자의 관심을 끄는 것이다.

그리하여 이처럼 우리나라의 건축은 비 흡수성 재료를 사용할 필요로 인해 목재 건축이 발달하게 되었으나, 목재 건축이야말로 특히 건조를 필요로 하는 것이다. 왜냐하면 나무는 항상 수중에 있든지 혹은 항상 건조한 상태로 있으면 방부제를 사용하지 않아도 영구적인 것으로, 이와 반대로 건조해 있지 않을 때는 곧바로 부패하고 노후화되는 것이다. 따라서 일본의 영구적인 목재 건축은 세계에 유례없는 방법을 고안하여 그것이 전통이 되어 계승되어 온 것이다. 그 대표적인 것은 다름 아닌 사원과 신사의 건축이다. 이들에 있어 건물을 습기로부터 차단하는 방법은 이루 다 말할 수 없다.

—『朝鮮公論』第26巻11号, 1938.11

맥주의 내선일체

청주日本酒가 일본 국민의 생활에 불가결한 물품임과 동시에 이읏고 맥주도 수요가 증가하여 국민 음료로서의 중요성이 증대되고 있다. 우리나라에서는 약 30년 전 삿포로, 에비스, 아사히 세 회사 합동으로 생긴 대일본맥주주식회사와 기린맥주회사로 2분된 형태로 내·외지의 맥주 애호가들을 만족시켜 왔는데, 대일본맥주주식회사가 제조하는 삿포로, 에비스, 아사히 등 각 상표의 맥주가 올해 1월 1일부터 상표규격의 통제를 단행하여 국책을 따르게 됨으로써 맥주 애호가들의 불편을 일소하게 되었다. 즉 종래 홋카이도와 도호쿠 방면에서는 삿포로, 간토 방면에서는 에비스, 간사이 서쪽 및 조선과 만주에서는 아사히, 또는 중국支那 방면으로 삿포로 수출의 경우에 아사히와 같이 동일 회사 제조의 동일 제품임에도 불구하고 오랜 세월의 영업습관상 상표를 달리해 왔으나, 특히 조선에 있어서는 수년간 매해 20%씩 수요가 증가하여 작년도에는 4다스 30만 상자를 판매한 상태로 급증함에 따라 지역에 따른 상표의 구분은 세계시장에서 유수한 국산품으로서 불리하다는 이유보다도 이로 인한 일체의 헛수고를 없애기 위해 드디어 다년간 현안이었던 상표의 단일화를 기획하여 우선 내선만을 잇는 통제로서 나고야 서쪽에 대해 1월 1일부로 전부 아사히 맥주 이름으로 통괄하여 본 시즌을 준비하게 되었다. 게다가 통제 후의 제조 율은 조선에 있어서는 총독부 방침에 따라 20% 감소, 내지는 자동적으로 자재입수 곤란으로 마찬가지 20-30% 감소는 피할 수 없는 실정으로 올 여름의 맥주 부족은 각오를 하지 않으면 안 되나, 이로 인해 내·외지 맥주의 수요 율에 따른 배급 상 융통성을 적용하였으므로 도리어 원활해지는 것은 아닌가 생각되기도 한다. 이에 따라 내지로부터 중국, 만주 방면으로 여행하는 사람들도 어디에서든 아사히 맥주를 마실 수 있게 된 셈이며 국책에도 따를 수 있게 되었다. 말하자면 맥주의 내선일체를 실현한 것으로 단지 상표를 바꾸어 붙였을 뿐 결코 품질에 변화는 없다. 덧붙여 흑맥주는 삿포로 상표를 붙여 판매되고 있다.

양조처 조선맥주주식회사

경성부 영등포 640번지

—『朝鮮公論』第28巻3号, 1940.3

3년 만의 경성

●

사쿠오 도호(釋尾東邦)

과거 조선에 체류하거나 조선을 여행했던 사람이 5년 또는 10년 만에 경성을 비롯한 조선을 여행하게 되면, 대개들 경성은 매우 변화했고 조선은 대단한 발전상을 보인다고 소리모아 말한다. 이 말은 다소 그 지역이나 사람에 대해 또는 당국자에 대한 일종의 아부처럼 받아들여지기도 하나, 실제로 엄청난 변화와 발전을 느끼는 일도 있다. 그렇듯이 조선의 최근 변화양상과 발전상의 속도가 내지보다도 훨씬 급격함은 누구나 인정하는 듯하다. 이것은 신 영토나 신 개척지가 갖는 특색일 것이다. 하지만 나처럼 경성을 떠난 지 얼마 되지 않는 사람에게는 2년, 3년 만에 그렇게 큰 변화나 진보가 바로 느껴지는 일은 없다. 다만 3년 만에 본 경성에서 다소 새로운 감각이 느껴짐 또한 사실이다.

*　　　　*　　　　*

부산에 상륙하여 경성 행 기차를 타고 철도변을 바라보면 내지를 본 눈에는 늘어선 가옥들이 활기차 보이지 않고 여전히 구태의연한 느낌이 든다. 근래 조선인은 꽤 근면해졌다고 하나 그래도 논밭에서 일하는 인간은 적다(보리수확이나 모내기 때는 별도로 하더라도). 산에 나무를 심었다고는 하나 내지의 산야에 익숙한 사의 눈으로 볼 때는 아직 산다움을 느낄 수 없다. 또한 근래 조선 산업경제가 크게 발전했다 하고 통계를 보면 꽤 현저한 발전을 보이고 있지만, 경부선 철도변을 실제로 보면 발전의 흔적, 진보의 흔적은 보이나 내지와는 비교가 되지 않는다. 여전히 구舊 조선인 것이다. 허나 호남선이나 북조선北鮮의 철도변으로 들어서면 반드시 그런 것은 아니다. 호남선의 토지는 비교적 비옥해 농작이 왕성하고 뭔가 풍요로운 느낌을 준다. 북조선도 함흥 이북으로 가면 공업 진흥을 볼 수 있다. 하지만 경부, 경의선 지역은 언제 보더라도 빈약할 뿐이다. 따라서 아마도 만주나 북지나北支에 가는 자로서 경부선이나 경의선을 한번 지나가는 사람 눈에는 조선의 힘이 그다지 느껴지지 않으리라 상상된다. 그러나 내지에서 조선으로 들어오면 왠지 밝은 느낌을 받는다. 그리고 왠지 모르게 넓고 트였다는 느낌을 받는다. 이는 공기의 건조함과 청명한 날씨, 대륙과 이어진 반도라는 점, 인구가 희박함에서

오는 것이라고 생각된다. 동시에 또한 농업, 공업, 인구이식에 있어 전도유망함을 절실히 통감하며 내지인이 왜 속히 이 토지에 이주하지 않는지 탄식을 금할 수 없다. 실로 조선의 개척은 바로 지금부터라는 느낌을 절실히 받는다. 근래 내지인에게 만주 이주를 적극적으로 장려하는 우리 당국이 무엇 때문에 조선 이주를 등한시 하는지 심히 의문을 품지 않을 수 없다.

*　　　　*　　　　*

3년 만의 경성은 언뜻 보기에 그다지 큰 변화는 없다. 다닥다닥 붙어 왠지 불결함과 거침 그리고 척박함이 느껴지나, 내선인의 혼잡함과 시장상황은 이전에 비해 활황임을 느낀다. 여기서는 경성의 분주한 발전상을 엿볼 수 있다. 이리하여 조선인의 안면신경이 현저하게 내지인화 되어 긴장감을 띠고, 양복을 입고 있으면 거의 내지인과 구별이 불가능하다는 점에서 다소 놀랐다. 특히 청소년에 있어 가장 그러해 학교 학생들은 거의 판별이 어려웠다. 남자뿐만 아니라 여자도 20세 전후인 자는 여학교 등을 나와 양복까지 입고 있으면 내지인과 구별이 안될 만큼 용모가 내지인화 되었음에는 정말 놀랐다. 반대로 내지인인데 조선인화 된 용모풍채의 사람도 꽤나 늘었다고 생각된다. 이것은 조선인이 내지인화 되었기 때문에 그런 느낌을 준다고 생각할 수도 있지만, 사실 내지인이 조선인화 되어가는 것은 아닌가라고 생각되어지는 점도 있다. 내선일체의 열매가 여기에 나타났다고 말할 수도 있겠으나…… 조선인 청소년의 용모풍채가 내지인화 될 뿐만 아니라 청소년은 내지어內地語[4])를 쓰지 않는 자가 거의 없을 정도로 내지어가 사용되고 있다. 또한 정신상태도 내지인화 된 자가 꽤 늘어난 것도 엄연한 사실이다. 그러나 조선인 청소년의 용모풍채, 언어가 내지인화 되었다고 해서 바로 정신 상태까지도 전부 내지인화가 된 것인지에 대해서는 설명할 자유가 없으므로 여기서는 상세한 설명을 피하겠으나, 경성의 시가가 가래, 콧물, 침 등을 장소불문하고 뱉어 불쾌했던 점은 근래에도 마찬가지로 조금도 진보를 볼 수 없다. 전차는 근래 도쿄 이상으로 붐비고 특히 아침저녁으로는 너무 심하게 혼잡하고 만원이라 거기 타는 것은 생명을 거는 일이라 할 상태이다. 도쿄인은 다소 공덕심, 자제심과 양보하는 마음이 함양되어 있어 같은 혼잡이라도 불쾌도가 적지만, 경성 전차는 상호양보도 절제도 전혀 없다. 정류장에서는 일렬로 서 있으나 막상 승차할 시에는 내가 먼저라고 사람을 밀고 당기며 먼저 타려고 싸우기 때문에 노인이나 어린이는 못 타는 일이 다반사이고 전차 정류장은 질식할 정도로 괴롭다. (아침, 저녁 외의 시간은 반드시 그런 것은 아니지만) 게다가 이상한 악취가 코를 찌름은 조선의 불결함을 말해주는 것으로 불쾌한 조

4) 즉 일본어를 말함.

선에 있어 전차가 가지는 특색이다. 악취에는 손발 다 들었다. 내지의 전차는 6월 중순부터 일제히 10전 균일 인상을 하여 다소 전차의 혼잡이 완화되었다. 경성의 전차 요금도 오늘날에는 요금 인상했을 것이므로 다소 혼잡이 완화되었을 걸로 상상되나, 6월까지의 전차는 완전히 살인적 혼잡함이라 경성의 교통난을 절실히 통감함과 동시에 공중도덕, 교통도덕심의 고양을 통감하였다. 고이소小磯 총독의 도의道義 조선이라는 표어는 먼저 이러한 손대기 쉬운 공중 도덕심부터 훈련양성을 시작해 주었으면 좋겠다. 요새 ○○ 시국 벼락부자 연합의 고급 자가용차를 이용한 빈번한 왕복이 아니꼬운 것도 범부의 슬픔임은 어쩔 수 없다. 경성도 일반 택시는 매우 타기 어렵다.

* * *

종로방면을 비롯해 조선인 시가지의 상점이 점차 멋지게 (옛날에 비교해서) 되었고 더욱이 화려해지는 것이 현저하게 눈에 띈다. 본정 거리의 내지인 시가지에도 근래 조선인 상점이 파고들었다. 높은 지대의 주택가에도 조선인의 대저택이 새롭게 들어섰다. 이것은 지방의 대지주 또는 광산 벼락부자 등의 주택인 듯하다. 또한 아파트에 가도 카페나 음식점에 가도 영화관에 가도 조선인의 수가 현저하게 늘어났다. 이러한 것들은 조선인의 진보와 조선인의 지갑이 두툼해진 점을 말해 주기에 충분한 현상이지만,

시국인식의 관점에서 본다면 그다지 유쾌한 현상은 아니다. 요컨대 조선인의 진보와 발전상은 현저하나, 내지인의 발전이 별로 눈에 띄지 않음은 도대체 어찌된 일인가. 나는 조선인의 진보와 발전을 보고 크게 유쾌함을 느끼는 사람이지만, 동시에 내지인의 퇴보까지는 아니라 하더라도 좀처럼 발전의 흔적은 보이지 않고 기세도 오르지 않음을 보면 심히 허전함을 느끼지 않을 수 없다. 이는 반드시 감정적으로 내선인을 대립적으로 생각한 소감에서가 아니라, 내지인의 발전이라는 견지에서 생각하기 때문이다. 하기는 근래 조선 각지에 활발해지고 있는 시국산업은 대다수가 내지인의 경영이자 자본도 내지에서 이입된 것이다. 이 점은 마음 든든하다. 조선인도 크게 진보발전에 노력해야 함과 동시에 내지인도 더욱더 발전해가는 경향을 보고 싶다. 조선개발이라는 큰 견지에서 보아도 그렇게 생각하는 것이 당연한 일이라 생각된다.

*　　　　*　　　　*

총독부 청사의 안쪽 몇 만 평에 달하는 휴한지를 이용해 여러 다양한 야채류를 재배하고 있다. 두 평 정도씩 구획한 거기에 하나하나 누구누구 이름이 붙여져 있다. 천여 명의 총독부 직원들에게 할당되어 각자가 생각하는 야채를 재배하고 있는 것이다. 식사 후의 한 시간을 이용해 경작하여 만든 야채는 마음대로 자기 집에 가져가 식탁에 제공하는 것이다. 이는 시국 상 좋은 발상이라고 감동했다. 아마도 이를 본받아 조선 각지 곳곳의 관청 공지를 이용해 이런 식의 야채 재배가 이루어지고 있으리라 생각한다. 조선의 각 관청에는 꽤 넓은 공터가 있으므로 이를 이용해 경작한다면 적어도 직원들의 부엌에서 사용되는 야채의 대부분은 이로써 충분하지 않을까 생각된다. 동시에 증산의 모범이기도 한 것이다.

나는 몇 차례나 이야기한 것인데, 조선은 뭐라 해도 내지에 비교하면 아직 전체의 산과 들에 불모지가 많이 깔려 있다. 구릉 등도 꽤 많다. 이를 경작하여 잡곡이나 야채, 감귤, 감자류를 재배하면 식량에 상당한 증산을 보일 것이라고 생각된다. 이 점은 내지에 비해 조선은 아직 궁리의 여지가 많다. 식량증산을 장려하는 목소리는 왕성하나 도대체 실행이 수반되지 않음에 유감스러울 따름이다. 조선은 증산기지인 토지가 여유로울 뿐만 아니라 노동력도 충분하다. 종래의 조선인은 태만했으나, 그러나 오늘날에는 꽤 근로하는 풍조가 일고 있다. 또한 일하지 않고는 먹을 수 없게 되었기에 일하게 되었다. 그렇다고 기나긴 태만의 악습이 간단히 없어지지는 않는다. 경성의 조선인 마을을 걸어 보아도 느릿느릿하게 지내며 노는 자들이 얼마나 많은지를 볼 수 있다. 지방에 가도 그렇다. 그도 그럴 것이 그들은 근로를 꺼리는 습관이 길러져 있는 데다 장정에게 아직 징병제가 시행되고 있지 않다. (내년부터 시행되지만) 작년 내지처럼 산업 방면에서의 징용도 없으므로 왕성히 일할 장정이나 중년층 사이에 놀고먹는 이가 많음은 당연한 일이다. 총독부도 이러한 노동력 활용에 대해 고려하여 일종의 징용령을 내려 식량 증산이나 탄광 등의 광산이나 공업방면에 활용하려는 기획이 있다고 한다. 하루라도 빨리 시행하여 조선 내에서 그 노동력을 이용할 뿐만 아니라, 내지에 이동해 내지의 부족한 노동력을 보급해야 할 것이다. 그리하면 조선의 산업증진에 도움이 됨은 물론이며 대동아 전쟁하의 황국국민으로서의 의무도 다할 수 있고 동시에 노는 자들을 구제하여 생활향상을 기하는 길이기도 한 것이다. 조선이 대전쟁 하에서 병참기지로서의 사명을 완수하기 위해 조선의 관민은 식량증산에 있어 지금이야말로 더한층 노력을 요한다고 생각된다.

*　　　*　　　*

고이소 총독은 취임 이래 물자증산과 도의조선의 두 항목을 제창해 관민의 분발을 촉구하고 있다. 이것은 조선의 실상을 반영하고 또한 시국이 요구하는 가장 적절한 정책으로서 나도 이에 공감하는 한 사람이다. 조선인이 황국신민으로서의 자각과 인간으로서 정신교양의 향상을 급선무로 함은 아무도 이의가 없는 부분이다. 조선인이 이러한 제창과 기대와 격려에 감흥하고 분발하여 그 실현을 위해 얼마나 노력하고 있는지는 모르나, 나는 이

점에 대해서도 특히 관민의 분발을 촉구하는 바이다.

조선도 내년부터는 징병제도가 실시되고 내후년부터는 의무교육령이 시행된다. 이리하여 조선인도 드디어 황국국민으로서의 의무를 부담하게 되어 이윽고 지위의 비약적 발전향상을 보게 되는 것이다. 조선인의 앞길은 점점 괄목할 만한 것으로 광명으로 빛나게 될 것이다. 조선인, 힘써 분투해야 함을 믿는 바이다.

*　　　　*　　　　*

마지막으로 시모노세키下關 역의 모습을 적어둔다. 시모노세키 역은 개축하여 꽤 커졌다. 동시에 역과 배의 연결로가 길어져 3정 정도 된다고 여겨진다. 이 사이를 수화물을 들고 일렬로 가는 것은 상당히 힘들다. 게다가 연락선 승객이 너무 급증하여 혼잡이 그야말로 살인적이다. 배에서 기차로 갈아탈 때가 또한 고역으로 발차시간 한 시간 전부터 길게 줄서서 기다리지 않으면 안 된다. 발차시간은 정해져 있으므로 30분 정도 전부터 줄서면 되는 것인데, 차안의 좌석을 걱정하여 배에서 내려 역에 도착하면 성질 급한 자들은 바로 기차에 탈 수 있도록 계속 줄서 있으니 자연히 그 줄에서 1시간 이상이나 서 있게 되는 것이다. 마치 주부들이 시장에 줄서는 것과 같은 심리상태로 앞을 다투는 경쟁심리, 그리 하지 않으면 장보기에서 낙오할 염려가 있는 것처럼 기차 좌석이 신경 쓰이는 것, 늦어서 못 탈까봐 불안한 마음이 그렇게 만드는 것인데, 이것은 역 당국이 승객들의 고통을 고려해 하다못해 30분 정도만 줄서게끔 해 주었으면 한다. 노인이나 아이들은 그야말로 비명 상태이다. 2, 3년 전까지는 이런 고생은 없었는데, 관부關釜[5] 연락선의 타고 내림은 실로 지옥처럼 느껴진다. 연락선의 승객들은 조선, 만주, 북지나 방면에 이주하거나 활약하는 우리 제국발전의 선구자이자 대륙개발의 전사들이다. 이 점을 크게 우대하여 그리해야 할 것이다. 반도 및 대륙으로의 발전이라는 국책 상으로 생각해도 그러해야 할 것이다. 시모노세키 역장이나 연락선의 선장 등은 이 점을 생각해서라도 관부연락선의 승객을 위해 지금 바로 편의를 시도하여 현재의 불편함과 혼잡함과 고통을 완화할 방책을 세우고 선원과 역원을 지도해 주기를 바란다. 기차에 태워주는 거다. 배에 태워주는 거다. 사치스러운 요구라 일축하면 거기까지겠으나, 이처럼 생각하는 것은 그다지 칭찬할 일은 아니다.

나는 조선에 왕복할 시, 한번 시모노세키와 모지門司 사이의 해저 철도를 타고 싶은 호기심을 가지고 있으나 시간 사정상 실행할 수가 없다. 어떻게든 좋은 방책이 없는지 생각 중이다. 이 원고를 다 썼을 즈음, 신문에 따르면 7월 15일부터 하카타博多와 부산 간에 연락 항로를 새로이 열게 되어 규슈 일대와 북지나, 만

5) 시모노세키(下關)와 부산(釜山)을 가리킴.

주, 조선 방면으로의 왕복승객은 이 항로를 택하게 되어 관부연락선도 시모노세키역의 혼잡도 다소 완화될 것이라 한다. 여하간 관부연락선과 시모노세키역의 혼잡정리와 완화책은 초미의 급선무라 믿는 바이다. (필자는 『조선급만주朝鮮及滿洲』 전 사장)

—『朝鮮公論』改卷, 第2卷8号, 1943.8